異界・サウダージ

中村 善郎

東京図書出版

異界・サウダージ❖目次

サウダージ・ダ・バイア（懐かしのバイア）

サウダージ・ダ・バイア（懐かしのバイア）

エーッ、オーッ、バーッ！

ジャナイダ、ヴァレーオ！

僕は歩きながら鼻歌を歌っている。

パクトゥカ、ドゥン、ドゥン……。

伴奏のコンガの真似……。

恥ずかしいぐらいカタカナ発音。

でもそんな事はかまわない。

腹の中はピンガとショッピ（生ビール）でタプタプ言っているし、頭はまるで大しけの中を行く船の羅針盤のようにぐらぐらしている。通りを歩いているのは僕一人だけだ。薄暗い街灯の光が、冷たい石畳の道に跳ね返っている。両側の建物は扉を閉ざし、隊列を組んだ兵隊のように厳めしく並んでいる。アルコールのせいでよくは分からないが、結構長いこと歩いている気がする。

「ちぇっ、どこなんだろうなここは？」

遊園地の迷路にでもいるような気分。又道に迷ったのだ。これで何度目だろう。でも道に迷うなんて事は大した事じゃない。別に慌てたりもしない。旅なんてそんなものだ。分かりきったコースを予定通りに進むなんて、旅とは思えない。予期しない事に出会うからこそ面白いのだ。実際そうやって面白い事に出会う事も、時々はある。面倒臭いこともあるが……。

誰かいたら、「やあ、こんばんは」とかなんとか挨拶して、「ところで、ここはどこですかね？」なんて道を聞いたりするのだけど、だあーれもいない。不思議と耳だけはやけに澄んでいて、自分の足音がよく聞こえる。まわりの壁にその音が反射して響くので、誰か後ろにいるような気がする。だけど振り返ってみても、相変わらず虚ろな街が続いているだけだ。とにかくここがブラジルのバイアという街の中の何処かである事だけは分かっている。でもアルコール漬けの頭で考えられるのはそれだけ……。それ以上は、考える事さえ面倒臭い。

またリオの友達の顔が浮かんできた。バイアの街に詳しく、いろんな情報を僕にくれた奴だ。その友達の言っていた事で引っ掛かっているものがあるのだけど、それが痒い所に手が届かないというか、出てきそうで出てこないのだ。くしゃみしそこなったみたいな気持ち悪さ。まあいいか、そのうち思い出すだろう。

夜半過ぎ、もう明け方に近いかもしれない。

あーあ、とにかく眠くて、眠くて……。

欠伸をして目をこする。涙で滲んで街が歪んだ。そうやって見る風景は何となく非現実的で、まるでミステリー小説を読んだりした時、頭の中に浮かぶ街みたいだった。早くホテルに帰り着きたい。ホテルに帰ってベッドに横になったところを想像するだけで、足が止まって壁に寄り掛かりそうになってしまう。

煉瓦づくりの薄汚れたホテル。建物は古く、壁も床も随分汚れているし、フロントの男は毎晩寝入っている所を僕に起こされるので、極端に愛想が悪かった。それでも僕はそのホテルを気に入っていた。それは海に向かった崖っぷちに建っていて、玄関はゴミゴミとした街の真ん中にあるのに、部屋に入って窓を開けると、一面光り輝く真っ青な海と空が広がっているのだ。そして汐の香りのする風が飛び込んでくる。そいつは最高の気分だ。まるで映画の主人公にでもなったような……。

願わくばそこで朝の海を眺めたりしながら、素敵な女の子とコーヒーでも飲めれば、なんて思うのだけど……。

ガシャッ

突然すぐ傍で大きな音がした。僕はびっくりして立ち止まった。

ごみの缶か何かがひっくり返ったらしく、目の前の細い路地から、錆びついた空き缶が転がり出てきた。そしてその後からゆっくりと、真っ黒な猫が姿を現した。まるで闇が猫の形に姿を変えたみたいだった。街灯の光を浴びて黒い毛並みの輪郭が微かに銀色に輝いている猫は頭を低く構え僕の方をじっとうかがいながら、確実な足取りで建物の隙間から這いだしてきた。その姿が小さいながらも野性を感じさせた。

「なんだ、野良猫か……」

僕はふーっ、と溜め息をついた。猫は立ち止まると、金色に輝く目で僕を見上げた。僕は構わず、ふらふらと猫の前を行こうとした。普通の猫ならそそくさと道を譲るところだがその猫は退かなかった。それどころかまるで邪魔をするように、僕の行こうとする方に寄ってきた。

「どけよ！」僕は声に出して言った。でも、猫は悠然と僕を見つめるだけだった。

まさか、日本語だから分からなかったなんて事は無いだろうけど……。

そう思うと何となくおかしくて、僕は一人で小さく笑った。

猫は相変わらず金色の目で僕を見据えていた。その目には冷たい敵意がこもっていた。その視線がなぜか僕を圧倒した。白いひげの先が小刻みに震え、今にも威嚇の唸り声を上げそうだった。彼か彼女、そんな事は僕の知った事じゃないが、とにかく奴には道を譲る気はなさそうだ。

「分かったよ！」僕は吐き捨てるように呟くと、道の反対側に渡った。

「ちぇっ」

けちな野良猫に道を譲らされたのが面白くなかった。歩道に落ちていた空き缶を拾って投げつけた。ナイス・ピッチング。缶は真っ直ぐ猫をめがけて飛んでいった。酔ってるわりには正確なコントロールだ。それでも猫は僕を見つめたまま動かなかった。そして缶が当たりそうになった瞬間、ほんの少し体を逸らすと、黒い毛並みをかするようにして缶が歩道に落ち、けたたましい音を立てて転がっていった。

猫はその間一瞬も僕から目をそらさなかった。その目がよりいっそう鋭く輝いた。そして鼻の辺りに険しいしわを寄せ、今や微かな唸り声を上げ始めていた。背中の毛が静かに逆立ち始めている。

ここはお前なんかの来る所じゃないぜ！

そう言っているみたいだ。

今までずっと楽しかった旅に水をさされた気分がした。

ちぇっ、僕は舌打ちして歩きはじめた。

エーッ、オーッ、バーッ！

再び歩くテンポに合わせて鼻歌が出始める。

心の隅でまたあいつの言っていた事が気になる。

なんて言ってたんだっけ……。

後一ヵ月で日本に帰る事になっていた。それで一年近く居たブラジルともお別れというわけだ。一年と言うと長い気もするが、過ぎてしまうとあっという間の事だ。カーニヴァル、リオやバイアの街、サンバやボサ・ノヴァ、アマゾン……。ただエキゾチックではかり知れなかった国も、今や僕にはある程度馴染みになった。そして何人かの友達も出来た。本当は些細な事しか知らないのかもしれないが、それでも憧れ以外なにもなかった時と比べると大した違いだ。その分ブラジルに対する情熱は冷めたかもしれないが、それは仕方のない事だろう。現実が空想と同じようにエキゾチックというふうにはいかないものだ。

若さと体力だけを頼りに、がむしゃらに歩きまわった中で一番印象に残っていたのが、バイアの街だった。リオやサンパウロの街はある程度日本人としての自分の感覚でも割り切れるけれど、バイアの街はやはりエキゾチックで神秘的な面がより大きい気がする。それで日本に帰るまであまり時間の余裕は無かったが、最後にもう一度と思い、一週間前また一人でバイアに来たのだ。

バイアはリオの東北約一二〇〇キロにある街で、ブラジルの最初の首都があった所だ。前回は三〇時間かけてバスで来た。全くブラジルは広い。その三〇時間の間殆ど景色が変化しない。退屈な赤土と濃い緑の大地が延々続き、忘れた頃に小さな街が現れるのだ。それはそれで面白い経験だったが、今回はさすがに時間も無いので飛行機に乗った。

あまりに呆気なくバイアの街に降り立った時、あのうんざりするという事にさえ、うんざりする旅が少し懐かしく思えた。

バイアはリオよりさらに暑い。トロピカルという言葉の響きが似合う街だ。海、熱帯の太陽、ココナツの木、そんな物がまるで何の気取りもなく街の中で息づいている。熱気はまるで厚い毛布のように隙間なく体を包み込む。その毛布は決して振り払うことはできない。慣れるしか無いのだ。

日中坂の多い街を歩くとすぐにシャツが汗で濡れて張りつく。日差しは容赦なく肌を焦がす。でも風は意外と乾いていて心地よい。木陰に入った時の涼しさは本当に魔法のようだ。

街には古い石畳の路地が複雑な網の目のように広がっている。その街並みを歩いていると、時折建物の陰から明るい海が覗く。それが素晴らしい。でも交通量の多い街角でぼんやりつっ立って海を見ていたりすると、通りを歩いている人にぶつかったり、勢い良く走ってきた車の運転手に怒鳴られたりする。

時折突然強い風と共に空が真っ黒に曇り、激しい雷を伴って滝のような雨が降る。熱帯地方特有のスコールだ。人々は大慌てで商店の軒先などに避難する。散策の途中にスコールに遭ったりすると僕も近くのバールに飛び込む。そしてどろりと濃く強烈に甘いカフェジーニョを注文して雨の止むのを待つのだ。最初の頃はその煮詰めたような濃さに慣れなかったが、今では日に何度も欲しくなる。

ブラジルでは冷たいコーヒーというものは存在しない。冷たいものが欲しい時は豊富な果物のジュースかコーラのようなものを飲み、コーヒーは絶対にホットでしか飲まない。ブラジル人達に、日本では夏にはコーヒーを冷たくして飲む、なんて言うと、皆とても気持ち悪そうな顔をする。

「そいつは絶対体に毒だぜ！」

大抵の奴がそう言いながら顔をしかめる。ブラジルのどろどろに濃いコーヒーの方が、よっぽど体に毒だと思うのだが……。

その泥のようなコーヒーにも慣れ、いつの間にか真夏の暑い日中でも熱いコーヒーを飲むと喉が潤うようになった。

始まりと同様、突然嵐は去る。恐ろしい程の雨の後、透明さを増した涼しい風が街を駆け抜ける……。

バイアの中心街は、港からいきなり六〇メートル程の高台になっていて、港の周辺の下の街と市街地の上の街に分かれている。そしてその間をつなぐエレベーターが独特の景観を造っている。僕の泊まったホテルはその崖の上に建っていたのだ。

前回来た時その下の街でスリに遭い、殆ど全財産を持っていかれ、動けなくなってしまった。ちょうど何かの祭りがあった時で、人混みでごった返す中を、不用意にも僕は突っ切ろうとしてしまったのだ。

気が付くとショルダーバッグのチャックが開いていた。その瞬間氷を飲み込んだように胸が冷たくなった。バイアの街は泥棒やスリに関してもちょっと有名だ。慌てて傍にあったベンチに座ると僕はバッグの中に手を入れた。親父に貰った革のペン・ケースが手に触れた時は、一瞬助かったかと思った。そのケースの手触りは財布とよく似てたのだ。でもそんなドジにスリが務まるわけはなかった。きっちりと財布だけがバッグから抜き去られていた。

暫くは途方に暮れた。財布の中にはパスポート代わりのＩＤカードも入っていたのだ。ブラジルでは州を越えて旅行する時必ずそれが必要だ。パスポートはリオの友達の家に預けてきていたし、バイアに知人と呼べる人間もいなかった。ＩＤカードの代わりを発行してもらうまで、一週間ぐらい無一文で暮らさないといけなくなってしまったのだ。

その時、結局乞食のようなヒッピー達の御陰で何とか生き延びた。

彼らとはエレベーターの上の出口にある公園で知り合い、毎晩のようにそこでギターを弾いたりして遊んでいた。夕暮れになると彼らはどこからともなく現れ、誰かの持ってきたギターを弾いて歌ったり、酒を飲んだりして過ごした。僕はギターを弾けた御陰で結構彼らのアイドルになっていた。

スリに遭うまでは酒やつまみが無くなったりすると、必ず僕が買わされるはめになっていたが、一文無しになってからは、毎日仲間のうちの誰かが僕に食事を奢ってくれた。最初は僕の事を指さして、馬鹿な奴、と笑っていたけど、言葉もいい加減にしか分からない外国人が、途方に暮れているのを見て気の毒に思ってくれたのだろう。御陰で僕は飢え死にしないで済んだのだ。

今回その公園のあたりも行ってみたが、知った顔には出会わなかった。そして僕は公園の傍のバールに足を運んでみた。

黒人のマスターが僕を見て一瞬驚いたようだった。相変わらず彼の頭は綺麗に禿げて黒光りしていた。彼は僕の傍に来てカウンターに両手をつき、

「エスフィーハ（パンの中に挽き肉等を詰めたスナック）かい？　ジャポネス」

と聞いてニヤッと笑った。半年以上経っているのに僕の事を覚えていたのだ。僕は一文無しになった時、ヒッピー連中に連れられて、毎日ここでエスフィーハを奢ってもらっていたのだ。考えてみると侘しい食事だが、その時は全然気にならなかった。金が無いとい

う事さえ僕は気にしていなかった。むしろあの時が一番楽しかった気がする。

他の連中は来るかい？　と聞いてみた。マスターは唇を尖らせて首を振った。

「みんな消えちまったぜ。

まあ、そのうち帰ってくる奴もいるかもしれないけどね……。

あんたみたいにさ」

そう言いながらマスターはエスフィーハを一個くれた。

「こいつは奢りだ。ジャポネス」


憧れのイタポアン海岸。

そこで僕は日没を見た。真っ白に続く長い海岸から海を眺めていると、ジャンガーダと呼ばれる、漁師の小さな帆船が浜に帰ってくるところだった。夕日が水平線にかかる頃、海の上に大きな金色の路のような光の筋ができ、幾つもジャンガーダがその光にのまれた。夕暮れの風が心地良かった。昼間の熱さが嘘のように遠のいた。時間が一秒一秒顕微鏡で見るように拡大して感じられた。ゆっくりと軋みながら地球が廻っていくのが分かるようだった。

海岸近くには、その漁師達の取ってきたばかりの魚を料理して食べさせる店がある。前回は金がなくて断念してしまったのだが、今回はその復讐を果たした。

僕はカイピリーニャを飲み魚料理を食べながら、漁師達が客席をまわって歌う渋い歌声に耳を傾けた。開け放した窓からは波の音が聞こえ、その向こうでは水彩画のような明るい紺色の空に南十字星が輝き始めていた……。

バイアは最初にアフリカから奴隷が着いた港であり、今でもアフリカ色の強い伝統が残っている。ブラジルの他の街と比べても、黒人達の姿がより目に付く。

街角から時々、蜂の唸るようなブーンという独特の音が聞こえてくる事がある。それはビリンバウというバイア特有の楽器の音だ。ピアノ線を張った大きな弓の下に瓢箪を付けただけの簡単な楽器で、その弓を細いばちで叩く。それに瓢箪が共鳴するのだが、瓢箪の口を身体に近づけたり離したりするとブーンという唸りの調子が変わる。

ビリンバウを演奏している所では大抵カポエラを見る事が出来る。一見すると、男たちが身体をアクロバッティックに回転させ、踊っているように見えるが、それはれっきとした格闘技の一種で、足だけを使うものとしては世界最強と言われている。そして男たちの回転するスピードが増すにつれて、ビリンバウの音も高まっていく。

カポエラやビリンバウもアフリカの文化の名残だ。そしてそれがサンバのステップの基本につながっている。

もうひとつ街角で目に付くのは、郷土料理を売るバイアーナ達（バイア生まれの女性）の屋台。褐色の肌に真っ白なレースの民族衣装。どういう訳かみんな一様に太っている。痩せたバイアーナの料理は、不味そうに見えていけないのかもしれない。売っているものはヴァタパというココナツ・ミルクのソースにエビやトマト、ピーマンなどを煮込んだもの。それをアカラジェという豆の粉でできた揚げパンのようなものに挟んでくれる。

彼女たちは銀で作った飾りを身につけている。腕輪やネックレス、そこにスプーンやフォークなど、日常の使うもののミニチュアがくっついている。

ホテルの傍にも一人バイアーナが居て僕が通ると銀の飾りをジャラジャラ言わせながら呼び止めた。

「オイ、シネース（中国人）……」

僕は立ち止まって「ジャポネス！（日本人）」と訂正してやった。

でも彼女はそんな事どうでもいいというふうに、

「一つ食わない？　おいしいよ！」

前回来た時食べた事がある。

確かにおいしいのだけど、その時おなかをこわしたりした記憶があるので断った。どうも、デンデと呼ばれる椰子の油が強いらしい。

でも次の日もそのバイアーナは「シネース」と僕を呼び、ヴァタパを売りつけようとした……。

坂の多い路地を歩くと、あちこちで教会にぶつかる。バイアには本当に沢山の教会が有る。カトリックの信仰のあつい土地だ。しかしそれと同時に表面的には隠れているが、アフリカから伝承されてきた独特の宗教、カンドンブレも存在する。今ではおおやけにもカンドンブレの宗教道具を売る店なんかが並んでたり、観光客向けのショー化された儀式を見物したりできるが、昔は禁止されていたらしい。その時黒人達はカトリック教会の裏側に自分達の神を奉り、教会に行く振りをしながら、カンドンブレの神に祈りを捧げたという話を聞いた事がある。

その呪術的世界は未だに神秘的ではかり知れない……。

昼間はそういった街や海岸を訪ねて歩き、夜は毎晩生の音楽を聞ける所ならどこでも足を運んだ。僕がブラジルに来た事の目的の半分は音楽を聞く事だったのだから。ブラジル人達は本当に音楽が好きだがバイアーノ（バイアの人間）達はその中でも特別だ。街角のバール（酒場）からは夜通し歌声が聞こえてくる。

バイアはエキゾチックな美しい街だ。ブラジルの国民的作曲家、ドリヴァル・カイミの歌の中に『バイアに行ったかい？　まだだって、それじゃ、行ってみな！』というフレーズがあるが、正に言い得ている。


そんなある夜僕は偶然〝アバランダ〟という店を知った。

〝アバランダ〟はバイアでも特に古い街並みの続く一角にあるバールで、殆ど黒人だけが集まる。店先の歩道の上にもテーブルが並んでいて、その周りで黒人連中がコンガを叩きギターを弾いて、毎晩朝まで一大セッションを繰り広げていた。彼らの音楽は強烈で、今までブラジルで見てきた物より遥かにアフリカ色が強かった。特に一つのコンガを何人もの連中が叩いて出すリズムは、鈍感な僕にも果てし無い大地のうねりのような物を感じさせてくれた。

近くの劇場でコンサートを聴きに行った帰り、偶然僕はその店の前を通りがかった。そして、その強烈なリズムに誘い込まれるように入っていった。いつもは馴染みの連中しか集まらないらしく、僕が入っていった時、黒人達は突然現れた日本人に戸惑ったようだった。コンガの音が急に止み、停電で止まったラジオのようにみんなが歌うのを止めた。誰もがショッピ（生ビール）やピンガのグラスを捧げ持ったまま止まってしまっていた。

押し殺した囁きが交わされた。薄暗い電球が連中の強い体臭や煙草の煙が漂う濃密な空気を、ぼんやりと照らしていた。黒人達の肌の色は半ば闇に溶け込み、彼らの歯と目だけがいやにくっきりと並んで見えた。

ひどく落ち着かなかった。僕は突然入ってきた事を詫びてみた。でもだれも身じろぎもしないで、見つめるだけだった。僕の下手なブラジル語が理解出来なかったのかもしれない。何となく人喰い人種に囲まれているような背筋の寒さを感じた。そんな物が今のブラジルの街の中に居るわけないが……。

とにかく、その静寂をなんとかしたかった。

目の前にギターを構えたまま、呆けたように僕を見つめている奴が居た。僕は胸の前でギターを構える真似をして見せ、そいつのギターを指差した。そして、

「僕にもそのギターを弾かせてくれないか？」と聞いてみた。

音楽は言葉を超えるコミュニケーションだ、とよく言われるが、僕もそれを何度か経験してきていた。〝アバランダ〟でもそれを実践してみるつもりだった。

そいつは僕が指差したのが気に入らないのか、不服そうな顔で隣の奴に何か呟いた。でもまた僕の方を向くと怒ったような顔をしたままギターを差し出した。ギターを受け取り、

僕は空いている席に座った。木を組んだだけの粗末な椅子は、脚の長さが不揃いになっているらしく、かたかたと音を立てて揺れた。バランスが取りづらいのを何とか我慢して僕はギターを構えた。

バイアではサンバよりバイヨンの方が一般的な事を思い出し、僕はルイス・ゴンザーガという作曲家の名曲〝白い翼〟のイントロを弾き始めた。それはバイアーノなら、いや、ブラジル人ならだれでも知っている曲だ。

あっけない程簡単に連中は僕を受け入れた。イントロを弾き始めてすぐに周りから歓声が上がった。東洋人がそんな曲を演奏したりするということが意外らしく、その驚きがより彼らを興奮させたようだった。最初の歌詞を歌い始めると、みんなが僕と一緒に歌いパーカッションを叩き始めた。誰の目もきらきらと輝いていた。店全体が一個になって大合唱が始まった……。

エンディングのフレーズをしつこいくらい何度も繰り返し、次第にテンポを速くしながら、僕はコンガを叩いている男に合図を送った。

「さあ、ここできめるぜ！」

男は大きな口を開けて笑いながら頷いた。最後のコードを力一杯かきならし、コンガの男もそれに合わせて叩きまくった。

周りから歓声が起こり、僕は何人もの黒人達に激しく背中をどやされ、荒っぽい祝福をうけた。みんなが親指を立てる仕種をしながら僕に微笑みかけた。それは、最高だ、という意味だ。

店中の奴と僕は握手した。誰の手も厚ぼったくて汗ばんでいた。僕の前のテーブルにいっぺんにたくさんのピンガのグラスが並べられた。

バレー・ボールを二つ入れたぐらい大きな胸をして太った女が立ち上がり、僕を指差し命令するように何か言った。自分が歌うから伴奏しろ、という事らしかった。その声には有無を言わせない説得力があった。女は側のテーブルに置いてあったパンデイロを取り上げると、自分でそれを叩きながら歌い始めた。

それはいわゆるパルチード・アルトというリズムで、サンバでも最もアフリカの原形のリズムに近いものだ。簡単なメロディーの繰り返しに歌い手が即興で歌詞を付けていくのだ。レコードやライヴでもっと洗練されたパルチード・アルトは聞いた事があるが、こんなに生な形で、しかも自分が参加するのは初めてだった。

僕は彼女の声のキーを探り、強烈なパンデイロのリズムに合わせてギターを弾き始めた。重くスピード感のあるリズムが地を這って押し寄せるようだった。彼女は目を大きく見開き、それでいい、というふうに僕に向かって頷いた。

時々彼女が歌詞の中でおかしな事を言ったりして、まわりから明けっ広げな笑い声と歓声が上がった。男達の掛け声のように囃す言葉が飛びかった。

彼女が「イタポアンのセルジオを知っているかい？」と歌うと、

「ああ、知ってるよ」と男たちが囃す。

中には「いや、知らないぜ」というあまのじゃくもいる。

「セルジオは一番の漁の名手だ」そこで全員がコーラスになり、

「一番の漁の名手だ」とリフレインされる。

「セルジオのジャンガーダは誰よりも速い！　そして誰よりも遠い海に出る」

「誰よりも遠い海に出る」

「セルジオの投げる網には、沢山の魚がかかる」

「沢山の魚がかかる……」

彼女のソロとコーラスが交互に繰り返され、小刻みな尻取りのように、物語は進んでいく。

最初はヘミングウェイの『老人と海』のように〝インペラドール（帝王）〟と呼ばれる巨大な魚をセルジオが追っていくところが続く。でも嵐に遭い彼のジャンガーダのマストは折れ、舵も流されてしまう。やがて瀕死で漂流しているセルジオの所に海の女神イエマンジャが現れる。イエマンジャは美男子のセルジオを気に入り介抱する。そして二人は恋仲になり、暫く二人だけの甘い日々が続く。

その間の二人の物語は、僕にはあまり聞き取れなかったが、かなり猥雑らしく、女がパンデイロを置き色々身振りを交えて歌うと、男達から下卑た笑い声が上がっていた。

でもセルジオはどうしてもイタポアンが恋しくなり、帰ろうとする。最後にはイエマンジャも諦め、条件をつけて彼を帰す事にする。それはもう海の魚を捕るのを止めるという事だ。イエマンジャにとって魚達は子供も同然だからだ。

イタポアンに帰ったセルジオは暫くは約束を守り、家に籠もっている。でも根っからの漁師のセルジオは、やがてどうしても漁に出たくなり、遂にジャンガーダに乗って海に出てしまう。そして最初の網を投げた時、怒ったイエマンジャの起こした渦に巻き込まれて死んでしまう。

でも、物語はまだ終わらない。

セルジオは山の村の金鉱掘りに生まれ変わる。

金鉱掘りでも彼は有能で、村一番の働きを見せる。そして彼は山を掘り進むうちに、禁断の石〝ドラド〟を掘り当ててしまう。それは神々の力の源になっている石だ。彼は万能の力を得、村に幸せをもたらすが、山の神、シャンゴの怒りに触れ、雷に打たれ死ぬ。

しかしそれでもまだ物語は続く。彼はまたイタポアンに漁師として生まれ変わるのだ。アーッ、ハッハッハッ、そこで彼女は大きな声を上げて笑った。そしてまた「イタポアンのセルジオを知ってるかい？」と歌い始めた……。彼女の胸の上には黒く汗が輝き、リズムは益々大きくうねっていった。

僕は果てし無く続くリズムの波に酔い、叩きつけるような彼女の歌い方に酔った。彼女とまわりの男達によって歌い継がれていく物語は、あまりに寓話じみているのに、不思議とバイアの風土の中では現実味を帯びて聞こえた。まるであのイタポアンの海岸のどこかにセルジオが居て、ジャンガーダに乗っている気がするのだ。

彼女はルイーザという名で、〝アバランダ〟のオーナーだった。みんな彼女が歌うパルチード・アルトが聞きたくて来ているのだ。

その晩、僕は明け方近くまで〝アバランダ〟で飲み歌いギターをかきならした。汗だくになって歌い終わった後、ルイーザは僕に毎晩来てもいいと言ってくれた。

僕はここ三晩〝アバランダ〟に通っている。慣れてみるとみんなとてもいい奴で、連中からいろんな事を教わる事が出来た。

今夜は特に楽しかった。今夜僕は初めてパーカッションに挑戦してみたのだ。

いつものように僕が誰かの歌の伴奏をしている時だった、コンガを叩いてた男が白い歯を剝きだして笑いながら僕を呼んだ。何かと思って行くと、コンガを指さして、自分のやる通りにやってみろというのだ。そしてゆっくりとリズムのパターンのお手本をやってみせた。僕は何とかその通りに叩けたけど、音の大きさも音色も情け無いものだった。それでもまわり中の奴らが、その調子だ、とか何とか囃したてた。

男はコンガの反対側に廻ると、一緒にやろう、と言ってからゆっくりパターンを叩き始めた。僕がそれに合わせると男はテンポを段々速くしていった。そのうち手順がズレてリズムを壊してしまうと、まわりの男たちが大声で笑った。

何度か失敗を繰り返しその度に僕は笑われたが、それでも何となくこつが掴めてきた。そうすると体が勝手に動き出し、意識しないでも楽々とリズムに乗ることが出来るようになってきた。

コンガの男が、そうだ！　と叫んで頷いた。

そして僕の出しているパターンに絡んで、全然別のリズムを叩き始めた。調子をつかんだ僕はそれでも崩れずに叩き続けた。二人のリズムがさらに複雑な波を描いた。そうして延々とリズムの波に浸っていると、僕は体中が空中に浮かんでいるような素晴らしい気分になってきた。大袈裟に言えば、リズムの神髄を垣間見たような気がしたのだ。

エーッ、オーッ、バーッ！

コンガの男が吠えるように歌を歌い始めた。それはまるでアフリカのジャングルの原住民の歌みたいだ。僕も男の真似をして歌ってみた。

エーッ、オーッ、バーッ！

まわりで見ている男たちも体を揺すりながら声を合わせた。

エーッ、オーッ、バーッ！

コンガの男が今度はその声に絡むように別の歌を歌い始めた。

ジャナイダ、ヴァレーヲーッ、ヤナーッ……。

雪だるまが膨らむように店中が大合唱になった……。

エーッ、オーッ、バーッ！　相変わらず鼻歌を口ずさみながら一人で歩いていた。いまだにどこに居るのか見当もつかなかった。道を聞こうにも誰もいない。先刻からあの憎らしい猫以外誰も見かけていない。
ジャナイダ、ヴァレーヲーッ、ヤナーッ、
いつもと違う道を帰ろうとしたのが、いけなかったのかもしれない。知らない道を歩くのは好きで、どこでも時々そうやって知らない道を行ってみたりするのだけど、こんなことは初めてだった。

エーッ、オーッ、バーッ！

もう見知った場所に出てもよさそうなものだけど……。

エーッ、オーッ、バーッ！

またリオの友達の顔が浮かんできて、そして先刻から心の奥で気になっていた事が少し形になってきた。複雑にもつれてしまった毛糸をほぐすみたいに……。

エーッ、オーッ！

エーッ……！

急に背筋が寒くなり、酔いが遠のいた。

遂に友達が言っていた事を思い出したのだ。

バイアには、夜絶対一人で歩いてはいけない場所がある。それは古い街並みの一角でそこには実際は誰も住んでいない。

「夜中に一人でそんな所を歩いたりしたら、いきなり路地からナイフでぐさっ、なんて事になりかねないぜ……」

そして、「次の日には身ぐるみ剝がれて、誰とも分からない死体が、どこかの倉庫の片隅なんかに転がってるのさ」

友達はそう言って僕を脅かしたのだ。

でも、それはまんざら嘘でもない。

もしかして彼の言っていたような所に迷い込んでいるのかもしれないと思うと、背筋が冷たくなった。僕は足を速めた。とにかく坂を上がっていけば街の中心の方に出られるはずだ。息を弾ませ僕は急ぎ足で坂を上がった。相変わらず無人の街が続くばかりで、道はまた下り坂になっていた。迷路のような路地を無茶苦茶曲がったせいで、ますます自分が何処に居るのか分からなくなってきた。

額に汗が流れた。

〝アバランダ〟にいた時の心地良い汗とは違う、粘りつく冷汗だ……。

その時微かな太鼓の音が僕の耳に聞こえてきた。

僕は立ち止まり耳を澄ませた。何処か近くでサンバをやっているようだった。ブラジルでは一晩中サンバをやっている店なんか珍しくもない。〝アバランダ〟のような店がこの近くにもあるのかもしれない。

とにかく誰か居るだろうし、道を聞く事ぐらい出来るだろう。僕はそう思い音のする方に歩き始めた。

路地が複雑に走っているせいで、音に近づこうとして、かえって遠ざかったりした。でも僕の耳はサンバの音をしっかりと捉えていた。とにかく今の所それだけが頼りなのだから……。

何度か同じ路地を行ったり来たりしながら僕は次第に音に近づいていった。

今やコンガの音とそれに合わせて歌う女達の声が聞き分けられる程になってきた。

そして落書きだらけの汚れた煉瓦の壁を曲がった所で、やっと僕は音のする場所に辿り着いた。目の前のもうひとつの角を曲がった所から、激しいリズムが聞こえてくる。

蠟燭をたくさん灯しているらしく、踊っている人の影が壁に映って揺れていた。

思ったより沢山の人がいるようだ。

でも壁の人影にはどことなく秘密めかした妖しさが漂っていた。

その雰囲気は何か人を寄せつけないような……、
宗教的な感じさえ……。

そう、その事に僕は気付くべきだったのだ。

でも慌てていた僕は不用意にそこに入っていってしまった。

最初に気付いたのは、みんなが黒い服を着ているという事だった。女達はバイアの街でよく見掛けるヴァタパ売りのバイアーナと同じ裾の大きく広がったレースのドレスを着ていたが、それはいつもの見慣れた白では無く、墨のような光沢の無い黒だった。男達も上半身は裸で、下に柔道着のような黒いズボンをはいていた。彼等の褐色の逞しい胸は汗で光っていた。

十人程の女達が真ん中で輪になって歌いながら踊り、男達はそれを取り囲むようにしてコンガを叩いていた。女達の表情は陶酔しきっていて妖しく、歌声は殆ど動物の呻き声のように意味もなく重なりあっていた。女達が周りの激しいリズムとは反対に深海を蠢くように緩慢に揺れると、それと共に首や腕に巻いた銀の飾りが物憂げに鳴って伴奏を付けた。路地の奥に作られた祭壇のような所に、何百本もの蠟燭の炎が揺れていた。その光に照らされている場所だけが暗黒の空間から切り離されて浮かんでいた。

そして僕は女達の何人かの頭を赤く濡らしているのが、何かの動物の血だと気付いた。ここに居てはいけない！　という気持ちが急激に湧き上がってきた。

でも、僕の目はその光景に釘付けにされたまま動けなかった。

キーッ、鳥のような声を上げて、真ん中に居た女が僕を指差した。

女は陶酔から覚め、突然現れた闖入者に憎悪の炎をたぎらせていた。赤い血を浴びた顔の中で目だけが異様に輝いていた。

輪になった人達が一斉に僕の方を振り返った。

誰の目の中にも容赦のない敵意が宿り異様に輝いていた。まるでテリトリーを侵されて怒っている狼の目だ。

そして最後に僕の一番傍に居た、背が高く相撲取りのように太った女が振り返った。

その瞬間、僕は女の向こうに横たわっているものを見てしまった。

それは素裸の白人の女の身体だ。

女は長い金色の髪を石畳の上に無造作に広げ、両腕を十字架のように広げた恰好で、作りそこなったマネキン人形のように仰向けに転がっていた。ガラスのような青い目は焦点を失い、無意味に宙空を見つめていた。重い闇に覆われた人の輪の中で、その姿だけが異様に白く浮き上がっていた。豊かな胸は仰向けになっていても大きく盛り上がり、ピンクの乳首がその頂上に乗っかっていた。

そして、その下の平らな腹は無残にも切り裂かれ、夥しい血がくびれた腰のあたりから流れ落ち路地にどす黒い血溜まりを作っていた。

女が一人しゃがみ込んでその血溜まりの中に両手を付き、呆けたように僕を見つめている。

血で手が汚れてるよ……。

僕はあまりのショックに恐慌をきたした頭でぼんやりとそんな馬鹿な事を考えていた。

その時相撲取りのような女が猛烈な勢いで僕に突進してきた。

そしてその瞬間僕は正気を取り戻した。

弾かれたように振り返り、僕は必死で逃げ始めた。

息を吸うばかりで吐く事が出来なかった。

心臓が苦しいぐらい速く拍動した。

ドスッ、ドスッ、と太った女の足音と、それに呼応してガチャガチャと鳴る銀の飾りの音が迫ってきた。

僕にとって幸いだったのは、追手がその太った女一人で、他の人間はどういうわけか、そこに張りついたまま、動かなかったことだ。

逃げおおせるかもしれない……。

燃え上がる殺意ではなく、おき火のように静かな殺意を漂わせ、女は僕を追ってきた。

その事がより僕を脅えさせた。相手が女一人という事は関係ない。捕まれば、命はない。

そう僕の本能が教えていた。

女をまいてしまおうと、僕は複雑に路地を曲がった。女は相変わらずドスッ、ドスッと足音をさせながら迫ってきていた。僕は全速力で幾つかの路地を駆け抜け、後ろを振り返った。あんな太って足の遅い女なら付いてこれないだろう……。

しかし、その時広がったスカートの裾を大きく揺らし、相変わらず同じペースで、僕が最後に曲がった角を女が曲がってくるのが見えた。

銀の飾りがジャラジャラとその場の雰囲気に似合わない陽気な音を立てていた。

「なんて事だ！」僕は胸の中で呟いた。

黒い顔は闇に溶けてその表情は見えなかった。でも丸太のような腕をゆっくりと振りながら、確実にこっちに向かってきていた。

女はまるで僕を捕まえるのではなく、ただマラソン選手のように淡々と自分のペースを守って走っているみたいに見えた。足音と共に、女のスーッ、ハーッ、という規則正しい息づかいが聞こえる。足並みに合わせて鼻で吸って、口で吐く。それはむかし学校の体育の時間に習った、長距離走行の呼吸法だ。

僕はパニックに襲われた。

このままではあの女を振り切れずに捕まってしまうのかもしれない。

そして腹を裂かれて倒れていた女の姿がオーヴァーラップする。

この次、あの黒いドレスを着た女達の真ん中で裸にされて横たわる事になるのは、僕かもしれない……。

「お願いだから、止めてくれ」

いつの間にか僕は胸の内でそう繰り返しながら走っていた。

無茶苦茶なペースで走ったせいで僕はすぐに疲れはじめた。

〝アバランダ〟で調子に乗って飲み過ぎた事を後悔した。下腹部が痛くなってきて、一歩一歩足を上げるのが重労働になってきた。何度も足がもつれ、倒れそうになるのを何とか持ち堪えた。

女は急激に間隔をつめる事はしなかったが、徐々に、確実に、近づいてきた。

ドスドス、ガチャ、ガチャ、スー、ハーという音がより間近に迫ってきた。

今やその音は僕の胸の中から聞こえるようだった。

ドスドス、ガチャ、ガチャ、スー、ハー……。

振り返るとすぐ側に女が迫っていそうで、僕は後ろを振り返れなかった。

ドスドス、ガチャ、ガチャ、スー、ハー……。

ドスドス、ガチャ、ガチャ、スー、ハー、スー、ハー……。

「お願いだ……」僕の頬には涙が流れていた。

最後の力を振り絞って、僕は路地を駆け抜けた。

それが本当に最後の頼みの綱だった。誰かそこに居てくれなければ……。

激しいブレーキの音。

そしてけたたましいクラクションの音と共に、フスカ（フォルクス・ワーゲン）のタクシーはハンドルを大きく切って、僕の数センチ先を通り過ぎた。

「フィリャ・ダ・プータ（馬鹿野郎）！」

運転手の男は窓から拳を突き出すと、僕に罵声を浴びせた。

車と衝突することは免れたが、僕は激しくひっくり返って車道のアスファルトの上に叩きつけられた。

まわりの他の車からも容赦なくクラクションが鳴らされた。

僕は慌てて立ち上がると歩道に戻ろうとした。

激しい痛みが体を突き抜けた。ひっくり返った時に左の足首を傷めたらしい。

惨めな負け犬のような姿で、僕は足を引きずり、傍の壁に寄り掛かった。目を閉じて深呼吸すると、唇が震え小刻みにしか息を吸い込む事ができなかった。

その時誰かが後ろから肩をつかんだ。

僕は激しい悲鳴を上げた。あの太った女だ……。

しかしそこには脅えた表情の老人が立っているだけだった。僕の様子を気づかって、声を掛けてくれようとしたのだ。僕は息をつぎ震える声で老人に詫びた。でも彼は強張った顔のまま後ずさっていった。

そこは見慣れた中心街だった。

何時の間にか夜は白々と明け、仕事に向かう人達が胡散臭そうに僕を見ながら通り過ぎていった。これから一日が始まる人達にとって、汗まみれのシャツを着て、不精髭を生やし、その顔に恐怖を凍りつかせている東洋人は、異様に見えただろう。

僕を追っていた女の姿は何処にもなかった。

ホテルに帰りシャワーを浴びて着替えると、僕はすぐに荷物をまとめ空港に向かった。そしてリオ行きの最初の飛行機に飛び乗った。

もう一分もバイアには居たくなかった。

あの時結局僕は足をくじいただけで他は無事だった。ただ走り回っている途中で財布を無くしたらしく何処を捜してもみつからなかった。でも大した金が入っていたわけではないし、そんなに気にならなかった。前回殆ど全財産を掏られたのに比べるとはるかに被害は少ないし、何よりも無事で帰れたのだから……。

ただその財布にはリオで知り合った日本人の友達の名刺が入っていた。彼らは留学や農業研修で来ている人達だったが、僕と同様音楽が好きで気が合った。

僕らはよくコパカバーナのカフェ・テラスで待ち合わせし、一緒にいろんなライヴ・ハウスに出掛けた。僕が案内役になりいろんな所で朝まで飲んだ。それまではどこに行っても唯一の日本人だったので、仲間が出来たのが嬉しかった。

よく「日本人は働くばっかりで遊んだりしないのか？」等と厭味っぽく言われたりしたが、御陰でそんな事はないという証明ができた。

僕がバイアに出掛ける頃、彼らはひと足先に日本に帰る事になっていた。そして僕が日本に帰ったら、連絡を取り合って飲み会をやろうと言い合っていたのだが、これでもう連絡をとる事は出来なくなった。僕の方は日本に帰ると住所が変わるので、連絡先を教えていなかった。

飲み会はもう出来ないだろう。

でも、旅先で知り合う人間なんてそんなものかもしれない。

あの後、結局僕はリオから出ずじまいだった。

二、三回馴染みのライヴ・ハウスやバールに行ったが、その他は殆どアパートから出なかった。とくに夜は出歩きたくなかった。

誰にもあの夜の話はしなかった。

口に出して言うのさえ恐ろしかった。心の何処かであれは夢だったのじゃないかと思う気持ちもあったが、それはほとんどそうあってほしいという願望でしかない事は自分でもよく分かっていた。そしていくら時間が経っても、あの時の情景ははっきりと胸に蘇ってくるのだ。

それでも一度だけ人事のようにして、黒服で集まる人達の儀式の事を聞いてみた事がある。例のバイアに詳しい友達はそれはカンドンブレの黒ミサだと言った。

普通のカンドンブレの儀式は白い衣装で行われるのだが、より強力で邪悪な力を求める時、厳重な秘密の上で黒ミサが行われる。そこでは悪魔に捧げる生贄の血が必要で、

「最悪な奴だと、人間の女を生贄に使うこともあるんだぜ」

友達はそう言った。その時僕の顔が青ざめたのを彼は知らなかった。

「でもそんなもの普通の人間じゃ絶対に見たりできないよ。部外者が見たりすると、必ず殺されるらしいからね……」

夏の終わりのブラジルから、僕は春の初めの日本に帰ってきた。従兄が空港まで迎えに

きてくれていた。従兄は僕の日焼けした顔を見て「まるで原住民だな」と言った。

山のような荷物を小さな車に積み込んで、僕らは走り始めた。

高速道路から見下ろす街並みは灰色にくすんでいた。久し振りの日本は色に乏しく狭苦しく見えた。空気がひんやりと湿り気を帯びていて、それが日本に帰ってきたという事を実感させた。着いてほんの何分も経っていないのに、もうブラジルに居た事が夢物語のような気がしていた。車の中でみやげ話をしていても、それが本当にあった事なのかどうかあやふやな気分だった。

都内に入ると気違いじみた渋滞が待っていた。でも咲き始めたばかりの桜の花を見た時素直に美しいと思えた。そしてつい先刻地球の裏側から帰ってきたのだという実感が強く湧いてきた。


しばらく実家にいて、アパートと仕事を探した。全部が落ち着くのに一月半ぐらい掛かった。ブラジルに長く居た事で一番ズレを感じたのは時間の感覚だ。日本では交通機関も早く終わってしまうので、ブラジルの時のように夜中まで遊び歩けない。その事がどうしてもすんなりとは受け入れられなかった。そして何度も、気がつくと馬鹿高いタクシーに乗るというはめになったりした。

ある朝、まだベッドとギターと沢山の段ボール箱が乱雑に散らかっているアパートで、僕はコーヒーを飲みながら、新聞を広げていた。やはり一年近く日本を離れているといろんな状況が新鮮に見えた。

政治欄や経済欄を読み飛ばし、三面記事を開いた時だった。僕は見慣れた名前が載っているのに気付いた。

横川忠夫（20歳）、

それは僕がリオで知り合ったJ大学の学生だった。そして例の飲み会をやろうと言っていたメンバーのうちの一人だ。その彼がビル掃除のアルバイトの最中に誤って十階の窓から転落して死んだのだ。関係者の話では、全く考えられない事故だと書かれていた。

人間なんて分からないものだ、という気がした。

横川は仲間の中では一番タフな奴で、いつも明け方までライヴ・ハウスなんかで遊んでいた。みんながもう帰ろうと言っても「ああ、もう少ししたらね……」と言いながら粘っていたものだ。そして次の朝には誰よりも早く起きて、海岸に出掛けていくのだ。彼もとても音楽が好きで、一度彼の部屋に遊びにいった時部屋中がブラジルで買い漁った楽器とレコードでいっぱいだった。

僕はその記事の住所を見て、お通夜に行くつもりだったが、時間が取れなくてそのままになってしまった。

それからは部屋の整理や、新しい仕事に慣れる事で毎日が過ぎていった。僕は何とか広告制作会社のコピー・ライターにおさまり、自分では目一杯働いているつもりだった。ただまわりは僕のあまりのスロー・ペースに驚いたようだったが……。

横川の事が新聞に出てから二週間程たった日曜日の朝だった。

まだ部屋のあちこちには段ボールの箱が転がっていた。引っ越しの荷物が片づくのにはもう少し時間がかかりそうだった。朝食が終わった所で実家の母親から電話が掛かってきていた。僕は受話器を肩に挟み、不味いコーヒーをすすりながら次々と出てくる小言にいい加減な相槌を打っていた。テーブルの上には新聞が広がっていて、僕の心は母親の声より新聞の記事の方に集中しているような具合だった。スポーツ欄には相変わらず詰まらない野球の話題ばかりが載っていた。そして三面記事を開くと、これもいつものように交通事故の話題が大きな写真入りで載っていた。

千葉の一面畑しかない見晴らしのいい場所で、車が電柱に激突し、運転手とその恋人らしい女性が死亡していた。

馬鹿な奴だ、と思った。どうせ酒にでも酔ってぶっ飛ばしたのだろう。

全く暴走族のやつらのやる事は……。

その時僕は危うく受話器を落としそうになってしまった。

立島秀男（22歳）、
それはやはり僕と飲み会をやるはずになっていたメンバーの一人だ。

気がつくと受話器の向こうで母親が怒鳴っていた。

「……あんた聞いているの！　私はあんたの事を心配してるんだからね」

「ああ、でもちょっと御免ね、今すぐにかたづけないといけない事があるんだ。またすぐこっちから電話するよ」

僕は慌てて電話を切ると、もう一度その記事を読み返した。

間違いなかった。僕の知っているのと同一人物だ。千葉の農家の息子で自分も農業をやるために、研修を兼ねてブラジルにきていた奴だ。

運転手が酒に酔っている気配は無かったと書いてあった。それはそうだ、彼は一滴も飲めないのだから。でも不思議とみんなが飲んでる席でも平気らしく、いつもガラナか何か飲みながら、にこにこと機嫌よさそうにしていた。とても穏やかな性格の奴で、何をするのにもおっとりとしていた。そんな奴が車をぶっ飛ばしたりするだろうか？

人間なんて分からない……。

いや、そうとは言えないかもしれない。

僕はあの財布の事を思い出した。あの中には二人の名刺が入っていたのだ。

「そんな馬鹿な！」僕は呟いた……。

カンドンブレの事はよく知らないが、とにかく呪いを掛けるのには、相手の髪の毛とか爪とか、あるいは身に付けていた物が必要だ、と聞いたことがある。そんな物があの財布に入っているはずはなかった。それになんといっても、ここは地球の裏側だし、どう考えても偶然だとしか考えられない……。

でも……、

あの夜の事が二人の死に関係しているという、漠然とした思いは拭い去れなかった。

その夜僕は夢を見た。

あの太った女がいつまでも僕を追いかけてきた。

「助けてくれ……！」

そう叫びながら、僕は人気のない街を走り回った。

路地は果てし無い迷路のように続き僕は完全に方向感覚を失っていた。

絶望感が首筋を冷たく覆い、口の中は砂漠のように乾いていた。

そのせいで舌が膨れ上がり、唾を飲み込むのも困難だった。

いつまでも、ドスッ、ドスッ、という足音とスーッ、ハーッ、という女の息づかいが耳にまとわりついた。

僕は走りながら耳を覆ったがおなじことだった。

その音はテレパシーのように直接僕の胸に届いてきた。

そしていつの間にか僕は袋小路に入り込んでしまっていた。

行き止まりの壁を僕は虚しく叩いた。

手の骨の当たる鈍い音がしたが、痛みは全然感じなかった。

冷たい石の壁はびくともしなかった。

僕は声を上げて泣きながら、壁を背に振り返った。

黒い塊がゆっくりと角を曲がって現れるところだった……。

スロー・モーションのように黒いスカートの裾がひるがえった。陰になって表情はよく見えなかったが、女は笑みを浮かべているらしく、白い歯だけがきらっと光った。

そしてその後ろには裸の女が腹から血を流しながら続いているのだ……。

ウォーッ、僕は悲鳴を上げながら目覚めた。

気が付くとベッドの上で汗まみれになっていた。僕は起き上がり水を一杯飲んだ。少し気分が落ち着いた。

女の足音だと思ったのは自分の心臓の音だった。

それから毎日、目を皿のようにして新聞を見た。しかしそれ以後僕の知っている人間が三面記事に載っている事はなかった。

そのうちに今までの事はただの偶然だったのだと思い、いや、思い込もうとし始めていた。あの夜の夢はそれからも何度か見たが、それも日が経つにつれて、頻度が減ってきていた。そして半年程が何事もなしに過ぎた。僕は日本のペースに慣れ、仕事も何とかこなしていた。心の何処かで例の財布の事は引っ掛かっていたが、殆どの時間はもうその事を忘れていた。

大体のものが収まる所に収まり僕の部屋もやっと人の住む所という感じになってきた。

僕はムウという、変わったあだ名の女の娘《こ》と、朝のコーヒーを飲んでいた。

ムウは三ヵ月ぐらい前に知り合ったガール・フレンドだ。恋人というにはちょっと冷めた関係だけど、気が向くとおたがい連絡を取りあってデートしたり、一緒に一晩ぐらい過ごしたりする仲だった。

彼女の大きな目は、白い所が磁器のように青みがかっていて、僕は好きだった。彼女は僕が弾くボサ・ノヴァが好きなようだ。

長い髪を片手で押さえながら、彼女がコーヒーを飲む仕種を、僕はぼんやりと眺めていた。僕のパジャマを着たままのムウはより華奢に見えた。湯気が静かにマグカップから立ち昇っていた。

その時彼女が急に思い出したように言った。

「あなた、田丸さんを知ってるんだってね」

「田丸？」

ちょっと考えてみたが、その名前には心あたりは無かった。

「あなたと、ブラジルで一緒だった、て言ってたわ」

僕は思い出した。

「ああ、あの田丸君ね。ちょっと太ってる人だろう。

よくリオで一緒に飲み歩いたよ。

へえ、君、彼を知っているの？」

そう言えば彼はどこかの商事会社の仕事で来ていた。なかなか愛想のいい奴でどこのバールに行っても、不思議と人気があった。言葉はあまり出来ないのだが、とにかく片言のブラジル語を乱発して陽気に誰とでも付き合うのだ。

「俺は日本で生まれたブラジル人だぜ、アミーゴ」

彼の得意のフレーズが聞こえるようだ……。

「そう、あの人うちの会社によく出入りしてたのよ。

いつかブラジルの話が出てね、私があなたの事を話したら、田丸さんもあなたを知ってる、て言うのよ。それで、世間なんて狭いわね、なんてひとしきり盛り上がったの。

あの人あなたに逢いたがっていたわ」

「ああ、僕も逢いたいな」

急にリオの街の情景が生々しく胸に浮かんできた。


「田丸さん、先週死んだわ」

一瞬彼女の言葉は僕の頭に何も残さないで、通り過ぎてしまった。

「ええ？　今なんて言ったの？」

「田丸さん、先週亡くなったのよ。心臓マヒですって」

僕の顔は懐かしいリオの思い出を胸に描き、微笑んだままこおりついてしまった。

「人間て分からないものね……。

あんなに健康そうな人だったのに……」

サウダージ・ダ・バイア（懐かしのバイア）

「ええーっ！」

体中の毛が逆立った。

人間て分からないもの、だろうか？

僕は何となくこの事を予想していた気がした。

そしてあの夜の事がまたはっきりと僕の胸に蘇ってきた。

今夜又僕はあの夢を見るだろう。

ところであの財布の中に、僕の名刺か名前を書いたものが残っていただろうか？
僕は必死で思い返していた。
多分、なかったと思うけれど……、
確信はなかった。

「ねえ、ムウ」

田丸君の事を詳しく聞きたくて、僕はムウの方を見た。

ちょっと俯き加減なせいで、ムウの顔は長い髪に隠れてよく見えなかった。

ムウは何も答えなかった。

ただ指で髪をいじりながら、うす笑いを浮かべているようだった。
白い歯だけがやけにはっきりと見えた。
ムウがズズーッ、と音を立ててコーヒーをすすった。
その音が耳に障った。
僕は何となく落ち着かなかった。
もう一度「ねえ」と声を掛けた。
それでもムウは答えなかった。
違和感が霧のように僕を包んでいる。
ムウがマグ・カップを置いた時チャリッという音がした。
今まで気が付かなかったけれど、ムウの腕には銀の腕輪が鈍く輝いていた。
その腕がそうとう日焼けしているみたいな褐色をしている。
冬だというのに……。

エル・ドラード

それはもう二十年ほど前の事だ。僕はジョンとジェーンという友人と一緒に、遥か昔インカ帝国を作ったインディオ達の行き来したであろう道を歩いた事がある。とにかく天気が良く、空気も乾いていて心地良かった事を覚えている。木々の緑は深く、山間から覗く空は鮮やかな藍色に見えた。空気の薄い高地独特の色だ。呼吸をする度にその藍が身体中を空白にしてくれるような気がした。別に急ぐ必要もない気楽な旅だった。それはあの伝説の黄金郷〝エル・ドラード〟探しのちょっとした冒険旅行だ。

発端はとてもいい加減だった。ある時ジョンが地図を眺めていて、マチュピチュの遺跡から少し離れた所に〝黄金の河〟や、〝黄金の森〟という地名がかたまってのっているのを見つけたのだ。それもインディオの使うケチュア語ではなくて、スペイン語で……。

「ほら、コウジ見てみなよ。

この辺りは黄金だらけみたいだぜ……」

嬉しそうな声を上げてジョンが地図を振りかざした時、僕もジェーンも真面目にはとり合わなかった。

「そうね、ジョニー・ボーイ、

そこに行けばきっと森や河中が金色に輝いてるんでしょうね」

そう言ってジェーンはジョンをからかった。

インカ帝国には様々な黄金の伝説が残されている。

今でもアンデスのあちこちに点在する、石を組み合わせた遺跡を目の当たりにすると、それだけでインカ帝国が持っていた文化の不思議さや広大さを見る思いがする。それに博物館などでは様々な装飾品やトゥミ、と呼ばれる脳外科手術に使われたメス等、数多くの黄金で作られた発掘品を目にする事ができるし、そのどれもが遥かな昔から変わらぬ輝きを放っている。しかしそういった物ですらインカ帝国のありし日の姿の、ほんの一部しか伝える事が出来ない。そこにはかつてあった、本当の意味での黄金の輝かしさが失なわれているのだ。かつては〝太陽の神殿〟や数々の聖なる建物全体が、黄金に包まれていたという話は、アンデスを旅する者なら誰でも耳にする。スペイン人の侵略がインカ帝国を崩壊させるまで、そこには無尽蔵の黄金が輝いていたのだ。

インカ帝国最後の日、スペイン軍は皇帝を捕らえた。そしてその釈放と引き換えに牢獄いっぱいの黄金を要求した。その要求は僅か一日で果たされた。黄金を背負ったリャマの列が延々と続く山道を埋めつくし、その日の内に牢獄は黄金で満たされた。しかしスペイン軍は約束を破り皇帝を殺した。それほどの量の黄金をたった一日で揃えられるぐらいなら、その出所は簡単に探し当てられると思ったのだ。そしてインディオを抹殺する事で、黄金を独り占めにしようとした。

その後スペイン軍はあらゆる手をつくして黄金を探した。しかしどこにも黄金の姿は見えなかった。黄金の行方は謎の彼方に消えた。そしてインカ帝国の生き残りの末裔であるはずのインディオ達の誰もが、黄金の行方に関しては黙して語る事を拒んでいる。あるいは本当に黄金のありかを忘れてしまったのだ。

その頃から黄金郷が何処かにあるはずだ、という噂だけは語り継がれてきているが、伝説の黄金郷、〝エル・ドラード〟は発見されていない。それは今や世界の七不思議の一つとされている。

数々の学者や山師達が挑戦しても未だ解けない謎が、僕らのような気楽な連中に発見できるはずなどなかったし、僕らとしてもそれほど大それた気持ちはなかった。それでも一応そこまで出掛ける気になったのは、そこがマチュピチュの遺跡からせいぜい一日歩けば着くほどの距離だし、乾季のアンデスはとても心地よく、すこしぐらい山の中を歩き廻ってもいい気になったからだ。

前日あの有名な空中都市、マチュピチュの遺跡を見て（僕もジョンとジェーンもマチュピチュに来るのは二回目だった）遺跡の傍にあるホテルに泊まった。僕らのような貧乏旅行者にはそのホテルは少々贅沢だったが、まあ何事も経験だと思ってはり込んだ。そして翌朝早く、陽が昇る前に僕らはホテルを出発して山を下り始めた。普通ならハイラム・ビンガム・ロードという大きく蛇行しながら下りていく道をバスで行くのだが、僕らは昔からインディオ達が使っていた、もっと急な坂道を歩いていく事にした。

　ほとんど崖のような斜面に雑草や雑木が生い茂りその中にかすかな、けもの道が通っていた。その急な下り坂を僕らは、ぎくしゃくと危なっかしい足取りで下っていった。何度も靴が滑りそうになり、その度に罵りの声を上げ、時間が掛かってもハイラム・ビンガム道路を行くべきだったと後悔した。

　その時背中にビールびんをいっぱい担いだインディオが、まるで馬車のようなカチャン、カチャンという音を立てながら、凄いスピードで僕らを追い越していった。僕もジョンもジェーンも唖然として立ち止まり、ゴムの長靴を履いて毛糸の帽子を被ったインディオの後ろ姿を見送った。と言っても彼の姿を見たのはほんの一瞬だった。遠くの方で何か音がするな、と思った時にはその音が僕らのすぐ後ろに迫っていて、振り返ろうとした時にはもう旋風を起こし僕らの髪や上着の裾をはためかせ、そして最後の瞬間柳の枝のように頼り無い雑木を空いた方の手でつかむと、くるっと鮮やかに方向転換して視界の遥か彼方に去っていたのだ。多分そのインディオは例のマチュピチュの傍のホテルの雇い人だろう。それにしても急な坂道を背中にいっぱいの荷物を担いでまるで何事も無いかの如く下りていくインディオの姿は、まるで奇跡のように僕らの目に映った。その動きは普段のインディオ達の、けだるそうなゆっくりした動きとはまるで違っていた。なにかインディオの持っている、得体の知れない奥深さの一端に触れた気がした。

「あいつだったら空を飛んでもおかしくないね……」ジョンが青い目を丸くしたままそう呟いた。僕もジェーンもただ頷くだけだった。

僕らはマチュピチュの山を下り汽車の駅に出た後、線路の上を歩いてアグアス・カリエンテスという、アンデスの中では珍しい温泉のある村まで戻り、そこから一本道を真っ直ぐ歩き始めた。後はその道が河にぶつかるまで行けばいいのだ。それがアマゾン河に注ぐ源流の一つ、リオ・デル・オーロ、つまり黄金の河というわけだ。そしてその辺りの森がボスキ・デル・オーロ、黄金の森だ。そんな簡単な事で黄金の山を手に入れるなんて誰が考えるだろうか……。

三人とも小さなバック・パックに二日分の食料と寝袋を持っただけの軽装だった。一生懸命歩けば一日で行って帰ってこれなくはない距離だったが、急ぐわけでもないので野宿してくるつもりだった。一応雨具も用意していたが、雨なんか絶対に降りそうになかった。

ジョンとジェーン、という語呂のいいカップルと知り合った時の事を話しておこう。

クスコの街に一皿盛りの定食料理が、信じられない安い値段で食べられるレストランがあった。それはアンデスを旅する貧乏旅行者にはうってつけの店だ。そして時にはそういう連中の情報交換の場所にもなっていた。

ジョンもジェーンも絵に描いたような金髪と青い目をしていて、他の貧乏旅行者達と同じ薄汚れたアルパカのセーターを着ていても、一際目立つ存在だった。そのレストランで二人が酔っぱらったインディオにからまれている所に僕がちょうど行き会ったのだ。

U字型のカウンターしかない店で、僕は彼らと向かいあう席に座った。二人の隣の席には酔っぱらって目の焦点の合わないインディオが座り、身体をジョンの方に向けて話しかけていた。インディオの方は英語の練習のつもりらしく、呂律の廻らない口で盛んに、プリーズとかミスター、とかという単語を挟みながら訳の分からない事を話し掛けてジョンを困らせるのだが、人のいいジョンは曖昧な笑顔で応えるだけで、そいつを追っ払うことが出来ないらしかった。ジェーンの方も時々、ミスー……、とか何とか話し掛けられていたが、彼女は全く反対の方を向いたまま怒ったような顔をしていた。その時客は僕とジョン達の他誰もいなかった。店の従業員達もジョンの困っている様子に見て見ぬふりをして、淡々と皿を洗ったりしていた。二人の様子がちょっと気の毒に見えたので、こっちにおいでよ、と僕は声を掛けた。ジョンは嬉しそうに僕の方に手を振ると酔っぱらいに、友達が来たからと丁寧にことわりを言って立ち上がった。

「助かったよ、ありがとう」僕の横に腰を下ろしながらジョンがそう言った時、僕は驚いてジョンの顔をまじまじと見てしまった。それは外国人特有の間延びしたアクセントのない、完璧に近い日本語だったのだ。安物のビー玉のような真っ青な目をして、蜂の体毛のような金色の不精髭を生やした男が、完璧なアクセントで日本語を話すのが信じられなかった。

「君は日本人だろう?」ジョンは驚いて目を丸くしている僕に怪訝そうに聞いた。

「そう、そうだよ」僕は慌てて応えた。「君があまりに日本語がうまいのでびっくりしたんだよ……」

「ああ、僕は五年も日本に住んでたことがあるからね……」

ジョンは事もなげに言った。そう言った時、やはりジョンのアクセントには外国人らしさが出ていたのでなんとなく納得できた。そしてジョンは自分のガール・フレンドだ、と言ってジェーンを紹介してくれた。ジェーンは先刻の酔っぱらいを見るのと同じ怪訝な顔で僕を見ただけだった。

僕らが出会った時、僕は二十二歳でジョンは二十七歳だった。ジョンはカメラマン志望で、日本には能や歌舞伎などの伝統芸能の勉強に来ていた事があるのだ。黒澤明の映画のファンで、将来は映画を撮りたいと言っていた。彼はいつもカメラを離さなかったし、いつもシャッターを切っていた。ジョンの写真は友達贔屓ではなく中々のものだ。何枚か彼の作品を見せてもらったことがあるが、陰影の深い奥行きのある写真を撮る。カラーより白黒の写真の方が、影と光だけなのに無限に色があると思った。特に印象に残っているのはインディオの老婆が漫画を読んでいる所を横から撮った写真だ。どういうふうに撮っているのか、老婆の無数の皺の一本いっぽんが、恐ろしく深い谷間のように、くっきりととらえられていた。その皺と漫画のアンバランスが、ユーモラスというよりちょっと怖い雰囲気を出していた。ジョンのように専門家になるつもりはなかったけど、僕自身も写真は好きだし一応カメラを持ってはいた。だからジョンと話しているととても楽しかった。そんな具合で僕とジョンはすぐに気が合い、仲のいい友達になった。ジョンはとても陽気で気さくな男だった。普段は出来が良かろうと悪かろうとジョークを連発したが、写真や映画の話になると、ちょっとくどくなるきらいがあった。

その後僕らは暫く一緒に行動した。僕としても誰かと一緒にいた方が心丈夫だし、車をチャーターする時なんか、割り勘に出来るからそれなりに有利だったのだ。

ジェーンは最初のうち僕を、単にジョンの友達で自分は関係ないというふうに無視していたが、そのうち慣れてくると僕とも普通に話すようになった。ジョンもジェーンも真っ青な目をしていて、特にジェーンのそれは大きくて宝石のように美しかった。ジェーンはいつも化粧気がなく長い金髪も無造作に束ねていた。小柄だったが素晴らしいプロポーションをしていて、埃っぽいセーターとジーンズを着ていても、何気なく立っている時など、はっとする程綺麗だった。そんな時ジョンはとても優しく微笑みながら彼女を盗み撮りしていた。

彼女はその時まだ十八歳だった。ちょっと鼻っぱしらが強く生意気なところもあるが、慣れて話すようになると彼女も中々気さくだった。三人はなるべく英語で話すようにしていたが、時々僕とジョンが日本語でやりとりしていると、ジェーンが不機嫌になって怒りだすという、変な事態が起こったりした。そんなある日ジョンが黄金探しに行こうと言いだしたのだ。

アグアス・カリエンテスからの道はほぼ平坦で雑木に囲まれていた。景観に関しては全く期待はずれで少々うんざりさせられた。ただ何度も言うけど風はとても乾いていて、木々を揺する音も心地良かった。

いつも並んで歩いているのは僕とジェーンだけで、ジョンは常に遥か後ろにいた。別にジョンの足が遅いわけではなく、彼が目に付くもの全部をカメラに収めようとするからだった。彼の視覚的センス、という物がどういう構造をしているのかは分からないが、とにかく道端のつまらない花なんかでも何枚もシャッターを切ったりする。一度など道の真ん中をくねくねと這っていた極彩色の蛇がいたのを、殆どくっつかんばかりに近寄って撮ろうとしていた。

ジェーンが、

「危ないわよ、毒蛇かもしれないんだから！」

と言って止めさせようとしたが、それでも彼は平気らしく、

「キディ、キディ……」

なんて子猫に呼び掛けるような声をだしながら撮っていた。蛇の方も彼に敵意が無いのが分かるのか、悠然としていた。

最初のうちは彼が立ち止まってカメラを構える度に待ったりしていたのだが、きりがないので僕とジェーンは構わずに先に行く事にした。二人で何度も、もう少し速く歩くように言ったのだが、

「どうして？　僕はちゃんと歩いてるよ」

と言うジョンの無邪気な顔を見てると、それ以上怒る気がしなくなってしまうのだ。それでジョン一人何度も遅れるのだが、とにかく本気になって歩けば、大股で速く歩く事が出来るので、僕とジェーンがゆっくり歩いているとすぐに追いついた。そしてしばらくは

三人並んで歩くのだが、又なにか見つけると立ち止まってしまうという事を繰り返していた。

そんな具合で歩みは遅かったし何度も休憩を挟んだのだが、それでも日暮れ頃には僕らは黄金の河に着いていた。山間から覗く空が夕焼けに染まり、ちょっと山全体が赤っぽく見えた。でもそれだけだった。勿論どこにも黄金らしい色は見えなかった。

黄金の河はアマゾンの源流と言っても結構幅が広かった。乾季なので水の流れは穏やかでせせらぎの音が気持ち良かった。川原に下りて水に手をつけてみると思ったより冷たかった。おそらくアンデスの山の雪解け水なども混じっていたのだろう。河の澄んだ水ももちろん金色はしていなかった。

ジョンが両腕を大きく広げて、

「オーッ、エル・ドラード!」

と叫んだ時、僕とジェーンはその姿を見て笑いころげた。

日が落ちてしまってからもしばらく空には明るさが残っていた。僕らはちょっと広くなった空き地を見つけるとそこで用意してきた食事をとり早めに寝袋にもぐりこんだ。寝袋の中から見上げる星空は美しかった。三人でいろんな話をしながら星空をいつまでも見つめていたいと思った。でもいつの間にか眠りに落ちていた。

そして次の日の朝、ジョンの姿が消えていた。

僕とジェーンが目を覚ましたのはほとんど同時だった。まだ朝日は射さず朝靄が辺りを覆っていたけど、寝覚めは爽やかだった。「おはよう」と声を掛けた時、ジェーンは寝袋の中で目を擦っていた。山の中らしく朝はかなり冷えこんだ。寝袋を抜け出し朝露に湿った草の上に立ち、バック・パックにしまっていた服に着替えるまでの間、身体中が寒さに震えた。ジェーンは寝袋の中で器用に着替えを済ませた。その時ジョンの姿が見えないのに気付いたのだが、「ジョンは?」と聞くと、

「さあ、トイレにでも行ったんじゃない?」とジェーンは答えた。

二人で川原に下り顔を洗った。そして河の水でインスタント・コーヒーを作り朝食の支度(と言ってもビスケットの袋を取り出すだけ)をした。そんな簡単な物でも清々しい山の中での食事は御馳走に思えた。そのうち段々と辺りは明るさを増した。

二人が朝食を済ませてもまだジョンは姿を現さなかった。それでも二人とも心配する気にはならなかった。

「仕方の無い人ね。美味しいコーヒーが出来てるのに……」

ジェーンはむしろジョンを非難するような口調で言っていた。

しばらくコーヒーを飲みながら待っても帰ってこないので、散歩がてらにジョンを捜しにいくことにした。携帯用のバーナーの火だけは消したが、後はそのまま放ったらかしにしておいた。人が住んでいるのは一番近くてあのアグアス・カリエンテスの村しかないしこんな何にもない所に用のある人間がいるとは思えなかった。

森の中ではいろんな鳥の声が聞こえた。まるで森全体が騒々しい鳥の巣のようだった。河にそって細い道が付いていて、僕とジェーンはそれを上流の方に行ってみた。川原のあちこちに水たまりができていて、そこに白い蝶々がいっぱい群がっていた。大きなバッタが僕らの前を飛んでいった。

しばらく河沿いを行ってみたがジョンの姿は見えなかった。

「川下の方に行ったのかもしれないね……」

そう言うとジェーンも頷いた。

僕らは元の空き地に引き返した。当然ジョンが戻っているものと思っていたのだが、彼の姿はやっぱり見えなかった。

「まったく勝手な人なんだから！」

ジェーンが吐き捨てるように言った。本気で怒っているみたいだった。

とりあえず荷物のかたづけをしながら、ジョンを待つことにした。携帯用のバーナーやカップを仕舞い、朝露で少し湿った寝袋を日の当たる所に置いて乾かそうとした時、ジェーンはジョンがカメラを持っていってない事に気付いた。

「シット！」とか「バスターッ！」などと、ジョンの事を罵り続けていたジェーンの口調が急に変わった。

「コウジ！　ジョンはカメラを置いていってるわ！」

それはほとんど悲鳴のようだった。

ジョンのカメラは寝袋の中の頭の方の所に入っていた。僕らはジョンがいないのは、当然カメラを持って夜明けの森や河を撮りにいったからだ、と思っていたのだ。彼がカメラを持っていっていれば心配する事はなかったが、カメラを持っていないとすると……。

「ジョンは一度、クスコからマチュピチュまでのインカ・ロードを歩いていて遭難したと思われた事があったわ。普通の人は長くても一週間ぐらいで歩く道を彼はひと月もかけて歩いたからよ。マチュピチュに着いた時周りの人が『どうしてたんだ、遭難したと思ってたよ』て言ったら、彼は不思議そうな顔をして、『僕は写真を撮りながら歩いていただけさ』と言っていたわ。私よく覚えている。その時初めて彼を見て、芸術家としてのバイブレーションを感じたんだもの……。

カメラを持たせると周りの事が見えなくなるみたいだけど、カメラがなければとっても普通の人なのよ。

私やあなたを心配させたまま、何処かに行ってしまったりする人じゃないわ……」

ジェーンはジョンのカメラを見つめ、そう言った。顔色が少し蒼ざめていた。

猛獣に襲われたのだとか、毒蛇に噛まれたとか、底無し沼に落ちたのではないかとか、恐ろしい想像が次々と湧いてきたが、この辺りはそこまで未開の地ではないし、蛇はともかく人を襲うほどの大きな動物もいるはずはなかった。それに僕にはどうしてもジョンが危険な目に遭っているなんて考えられなかった。

「まあ、寝惚けて河に落ちたりしてなきゃいいけどね」

軽い気持ちで僕がそう言うと、

「止めて！」とジェーンが叫んだ。

「とにかくもう少し捜してみようよ」

僕とジェーンは一緒に辺りを捜した。三人ともばらばらになってしまうのは不安だったからだ。僕らはいろんな方向に行ってみながら、一時間ぐらい毎に元の空き地に戻ってみた。その度にジョンが、なんでもない顔をして僕らを待っているのを期待したが、ジョンの姿は何処にも見あたらなかった。

そんな事を繰り返しているうちに太陽は徐々に昇り、いつの間にか僕らの真上にまで来ていた。それと共に気温もかなり上がり、僕もジェーンも着ていたセーターを腰にくくり付けTシャツ姿で歩き回った。それでも二人とも汗ばんでいた。それは気温のせいばかりではなかった。美しいと思った森も河も、僕らには単なるくすんだ色をした障害物にしか見えなくなった。

昼過ぎ頃、僕らは又空き地に戻りもう一度コーヒーを淹れて一息ついた。ジェーンは泣きそうな顔で唇を噛んでいた。僕が、

「大丈夫だよ、また平気な顔をして戻って来るよ」

と言うと、ジェーンは、

「そうね」

と弱々しく言いながら歪んだ笑顔を見せた。

風が木々の梢を揺する度に僕らは振り返った。その度にジェーンの顔が一瞬希望に輝きすぐに失望の色にもどった。

アグアス・カリエンテスまで戻って人を呼んでこよう、という話になったのだがその時間から出発しても向こうに着くまでに日が暮れてしまうし、今日いっぱい捜して見つけられなかったら、明日の夜明けと共に出発する、ということにした。

夕暮れ頃までには殆ど近くの場所は行きつくした。残っている場所は河の向こう岸ぐら

いなものだった。でもその辺りには橋が架かっていないし、カメラを持たないジョンがわざわざ冷たい河を渡っていくなんて考えられなかった。

太陽が山影に消える頃、昨日よりもっと鮮やかな夕焼けが見えた。その真っ赤な色が血のようだと思ったが、そんな事口に出したらジェーンがまたヒステリーをおこしかねないと思い黙っていた。

僕もジェーンもくたくたに疲れていた。歩き回った疲れだけではなく、ジョンの事を心配し疲れたのが大半の原因だと思う。僕らは履き古した靴のように不機嫌に座り込み一応缶詰とパンを出し、携帯用のバーナーでインスタントのスープを作ってみた。でも二人ともあまり食は進まなかった。

星が山間を覆い始めた。昨日は美しいと思えた星空が今日は妙に寂しい気分にさせた。

焚き火を見つめながらジェーンは、ジョンが芸術家としていかに優れているか、どんなに魅力があるかを延々と語り始めた。そして自分の親が不動産屋のような事をやっていて金持ちである事、両親は一人娘の彼女を溺愛していて、全てを彼女に与えようとしている事、でも自分はそんな親の仕事が嫌いで、親の稼いだ金を全部ジョンの為につぎこむ気でいる事なんかを語った。

「そうする事で私の人生に、意義が生まれるのだと思ったわ……」

ジェーンはそう呟いた。それはまるで、今は亡き恋人の思い出を語っているみたいだった。僕はただ相槌を打つだけで彼女のしたいままにさせていた。

焚き火は何時の間にか消え、星明かりだけが僕らを見下ろしていた。それでもジェーンの話は尽きなかった。そしてそのまま二人とも夜を明かしてしまうのではないかと思ったが、何時の間にか二人とも眠ってしまっていた。

そして次の日の夜明け頃、草むらの物音に目を覚ました時、そこにジョンが欠伸をしながら立っていた。

「ジョン！」僕は驚いて声を上げた。

「やあ、お早う」ジョンは欠伸したままの間抜けた声で返事した。その声でジェーンも目を覚ました。そして撥ね起きると、

「どこに行ってたのよ！」と叫びながらジョンの胸の中に飛び込んでいった。ジョンはびっくりしてジェーンを受け止めた。

「どこって、言ったって……、

川原へ行ってきただけだぜ、お嬢さん！

自然が僕を呼んでいる、てやつさ……」

ジョンはジェーンの勢いの激しさに照れくささそうに笑った。

「丸々一日も川原にしゃがみ込んでいたわけ！」ジェーンはジョンの胸を強くどやしつけた。顔を上げてジョンを睨み上げた時彼女の目には涙が光っていた。

「なにを言ってるんだ。気でもちがったんじゃない？」ジョンは彼女の両腕を取り、顔を覗き込んで言った。そしてジェーンが冗談を言ってるのではなさそうだと思ったらしく助けを求めるように僕の方を見た。

「あなたは丸一日行方をくらましていたのよ。私とコウジは一日中あなたを捜して歩いたわ！　本当の事を言って、何処に行ってたの?!」

「どこって言ったたって……。僕は川原に行って……。

ねえ、コウジ！

ジェーンは一体何の事を言ってるんだ？」

そう言ってジョンはまた僕の方を見た。ジョンは本当に困惑しているような表情を浮かべていた。真っ青な目が変に物悲しそうにさえ見えた。

「ジェーンの言っている事は本当だよ」僕は答えた。

ジョンは僕の答えに口も目も丸くした。そして突然笑い出した。

「二人とも止めてくれよ、僕をかつごうとして、口裏を合わせてるんだろう？」

ジョンはジェーンの腕を放すと、一歩退いて悪い冗談だとばかりに手を振った。ジェーンのジョンを見る目は本当に気違いを見ているようだった。

ジョンが自分の腕時計を僕とジェーンに見えるように差し出した。

「ほら、今、朝の六時になったところだ。僕はその二十分前ぐらい、だから五時四十分頃寝袋を抜け出して川原に行って用を足した。

それですべてだよ。

冗談はこれで終わりにしよう！」

「確かにあなたは五時四十分頃川原に行ったかもしれないわ。でもそれは昨日の朝の五時四十分よ」

ジェーンはまるで幼い子供を諭すように静かに言った。

「そうだ、ほら、僕の時計を見てくれ」

僕は自分の腕時計をジョンの方に差し出した。日付の分かる時計を持っているのは僕だけだった。

「僕達がホテルを出発したのは十月の九日のことだったろう？

それは覚えているね？

それで、今はほら十一日だ。僕らはここで二日間過ごしてるんだ」

ジョンは疑り深そうに時計を覗き込んだ。そして急に明るい顔をしてこう言った。

「判った！　先月は小さい月で一日少なかったのに、君は日付の調整をし忘れたんだよ」

僕にもジョンの頭がおかしいのではないかと思えてきた。

「そんなヘマはしないよ、ジョン」

さすがにジョンも黙り込んでしまった。そしてまだ疑わしそうに僕とジェーンを見つめた。

「ねえ、ジョン、気分が悪かったり、吐き気がしたりしない？」

「気分は爽快そのものだよ」

ジェーンは手を伸ばし気づかわしそうにジョンの頭に触れた。ジョンはおとなしくされるままになっていた。何処かで頭を強く打ったような形跡はなさそうだった。それでもジェーンは聞いた。

「あなたの名前は？」「ジョン・スコット」「お父さんは？」「ロバート」「お母さんは？」

「アンナ、二人ともニューヨークで元気に暮らしているよ、それに僕にはジーンという姉が一人いて、彼女はロニー・レーガンという下手な役者みたいな名前の奴と結婚して今はメイン州にいる。

ねえ、もう止めてくれよ、君達二人が僕をかつごうとしてるのではなさそうだけど、なにがあったにしても僕には関係ないことだ。僕は正常そのものなんだから……」

しばらくぎくしゃくとした沈黙が三人の間に流れた。しかしとにかくジョンも趣味の悪い冗談ではなく、自分の信じている事を口にしている事は確かそうだった。森の中で僕達をあざ笑うように鳥達が一際騒がしい声を上げていた。

ジェーンの表情が急に緩んだ。

「いいわ、ジョン。とにかくあなたは無事に戻ってきたのだから」

ジェーンはジョンの肩に手を乗せると優しくキスした。ジョンは困惑した表情を浮かべたたままキスを返した。

「すまない、ジェーン。でも本当に僕にはなんのことか分からないんだ」

「もうその話はいいわ。でも何か気付いた事があったら、すぐに教えてね」

「ああ、わかったよ」

「コウジ、バーナーの用意をして、私は河の水を汲んでくるから……」

ジェーンは布バケツを取ると河に向かって小走りに走っていった。

ジョンが僕に向かって肩をすくめた。

それから僕らは昨日と同じ簡単な朝食を済ませるとすぐに荷作りし、アグアス・カリエンテスに向かって帰り始めた。ジョンが、少しはこの辺りを散歩してみようよ、と言ったけど、僕とジェーンは、もうこの辺りは散々歩き廻ったから、と言って聞かなかった。

帰り道は速かった。ジョンもさすがに帰りはカメラを取り出さなかった。三人とも殆ど黙ったまま黙々と歩いた。ジョンが、背中にいっぱいの金を担いで帰る筈だったんだけどな、という冗談を言った時、ジェーンも僕も笑った。そしてその冗談がきっかけになって僕ら三人の雰囲気は元に戻っていった。

三時を過ぎた頃には僕らはもうアグアス・カリエンテスの村はずれにある温泉の所に着いていた。そこは温泉と言っても日本のように岩風呂があったりするわけではなく、ただ小さなプールのように真四角に囲ったコンクリートの中に、湯が流れ込んでいるだけの簡単な物だった。完全に露天で、傍に脱衣を置く小屋がある他は全く殺風景な所だ。

僕らの他に人影はなかった。そこは村からかなり離れていたし、村の人達が風呂を浴びに来るのにはまだ時間が早かった。

最初にジョンが、一風呂浴びよう、といってさっさと服を脱ぎ始めた。そして裸になると、二人とも来いよ、と言いながら水泳選手のように頭から湯の中に飛び込んだ。ジョンはフーッと鯨のように口から飛沫をあげながら、「グレイト！」と叫んだ。僕もすぐにジョンに倣って湯の中に飛び込んだ。ジェーンもしばらくは眩しい太陽を恨めしそうに見上げたりしていたが、結局は服を脱いで湯の中に入って来た。彼女が湯船の側に立った時僕は一瞬彼女の裸の美しさに見惚れてしまった。それは神が造った完璧な彫刻のように美しかった。

湯は少しぬるめだったが、一日中歩き廻って疲れた身体にはとても心地良かった。僕ら三人はまるで子供のようにはしゃいで湯を掛け合ったり、狭い湯船の中を泳いだりした。僕ら三人ともうジョンの空白の一日の事は忘れていた。都会の分刻みの生活の中ではともかくアンデスのような悠久の時間の流れる所では、一日なんかほんの一瞬の事でしかない。そんな感覚が僕らの中にも流れていたのかもしれない。しかも大自然の中で裸になってはしゃぎ廻っている僕らには、ちっぽけな現実が益々遠い事に思えたのだ。

しかし、ジョンの空白の一日の謎は、もうその日の夜のうちに解決された。

夕暮れ頃まで僕らは温泉に入ったり出たりしながらすごし、アグアス・カリエンテスの村に帰った。そして電気の通っていない小さな宿に泊まり、夕食の後はすぐに部屋に帰って眠る事にした。僕が窮屈なベッドを軋ませ横になりランプの火を消そうとした時だった。ドアをノックする音が聞こえ、

「まだ、起きているかい？　コウジ」とドア越しにジョンの声がした。

「ああ、今寝ようとしてた所だけどね」

「ちょっと僕の部屋に来てくれないか？」

「ああ、じゃあ、すぐ行くよ」

何事だろうと思いながら僕はズボンを穿きセーターを着てジョンとジェーンの部屋に行った。ノックするとすぐにジョンがドアを開けてくれた。ジェーンは部屋の隅の小さなテーブルの所にシャツとパンティだけの姿で、何か手に持ったものをランプの光にかざしながら一心に見つめていた。ジョンは僕を招き入れると声をひそめて言った。

「僕の消えた一日の事を思いだしたよ。

僕はエル・ドラードに行ってたんだ」

そしてにっこりと笑った。また悪い冗談を思いついたのだろう、と言おうとした時ジョンは手を上げてその言葉を遮った。

「これは本当の事だよ、全部思い出したんだ」

急に真剣な表情になるとジョンはそう言った。

「僕は寝る時いつもポケットの中のものを全部出す癖があるんだけど、そしたらこんなものが出てきたんだ。

ジェーン！　それをコウジにも見せてやってくれ」

ジェーンから手渡されたものは意外なほどずっしりとした質感を持っていた。その表側はただの木の皮のように見えたが、裏側は鈍い金色に輝いていた。

「それを見た途端、すべてを思い出したんだ」

ジョンはそう言ってまた微笑んだ。その時のジョンの微笑みに、僕は何か違和感を感じた。それは彼らしくない微笑み方だった。

それからジョンはその時の事を話し始めた。最初のうちは興奮していて早口だったが、次第に落ち着きを取り戻し、口調も静かになっていった。そして僕とジェーンはジョンの語る冒険物語に引きこまれていった。


「君たちがまだ眠っている間に、僕は起き出して川原に用を足しにいったんだ。その事に関しては僕達の意見は一致してるよね。河の水で手を洗った後、僕はぼんやりと朝靄の森の景色を眺めていた。朝の光の中で森全体が明るくなってくる様は、森自体が蓄えた光を少しずつ放出しているみたいだった。素晴らしい光景だったよ。早起きの鳥達が騒ぎ始めていた。僕はカメラを持ってきてその光景を捕らえようかと思ったけど、そんな事よりそうやってじかに森の空気と触れている事の方が大切に思えて、そのまま立っていたんだ。深呼吸をすると僕自身が森に溶け込んでしまいそうだった。

その時一瞬視界の隅っこの小さな点に気付いたんだ。

きらきら輝く小さなもの……。

何気なしにそっちを見た途端、僕ははっとした。そこには一匹の蝶々がまるで僕の注意を引くように飛んでいた。しかし、僕を驚かせたのはその色だった。その蝶は見事な金色をしていたんだ。そして一瞬のうちに僕はその蝶が黄金伝説と関係のある事を理解していた。僕自身がそう考えたというのではなく、その蝶が教えてくれたような感じだった。

そして『ついておいで』という蝶の声が聞こえた。もちろん蝶が声を発したのではなくて、僕の胸に直接テレパシーのように届いたんだ。その声に引きつけられ、ひとりでに僕の足が動き始めた。

すると周りの景色が急に現実味をなくし、僕には蝶だけしか見えなくなった。周りは濃い緑一色で奥行きも広がりもない。僕は蝶の後を付いて歩いていたが、それがどっちに向かっているのかは分からなかった。右に歩いているとも言えるし、左とも言える、上とも下とも、とにかく緑色の宇宙空間の中を蝶の行く方に流されているような感じだった。大宇宙の真っただ中に僕とその蝶しかいない、それはとても孤独だったけど同時に素晴らしくいい気分だった。そのままずっと蝶の後を付いていたい気がした。そしてそれがとても自然な事に思えた。僕はずっと微笑んでいたよ。『楽しいね』僕は蝶に向かってそう言った。『そう?』と蝶が答えた。頭の中には蝶と僕の事しかなく、現実のすべて、君達の事もアンデスを旅行している事もなにもかも忘れてしまっていた。それはとても長い間のような気もするし、一瞬の事だったような気もする。

そして気がつくと周りの景色は一変して、僕は広大な草原に辿り着いていた。

うーん、辿り着いたという言い方は違うな。とにかく最初の森から、緑の空間から、そしてその草原まで、それぞれの世界が連続してなくて唐突に始まるんだ。いつの間にか足が地面に付いている感覚が戻っていた。地平線の彼方まで見渡せた。その視界の続くかぎり鮮やかな緑の草が覆っていた。空はまるで子供が絵具で一色に塗り潰したような水色だった。雲一つ見えなかったよ。草の匂いだと思うんだけど、甘く爽やかな匂いが漂っていた。その匂いを胸一杯に吸い込んでみると、頭がすっきりとした。

僕はその光景に見とれているうちに蝶の姿を一瞬見失った。でも辺りを一巡り見回すとすぐに蝶の姿は見つかった。蝶は相変わらず素晴らしい金色に輝き、緑の草の上で羽ばたいていた。

そしてその蝶の向こうには見事な黄金の柱が立っていた。

僕は茫然とその黄金の柱を見つめた。

黄金の輝きは人を狂わす色だと、よく言うだろ……。それがもとで人が人を騙したり、殺し合いがあったり、ひどい時には戦争になったり、という歴史を繰り返している事は僕も知っている。スペイン人のインカ帝国侵略だって、黄金に目が眩んでやった事だ。

だけど僕自身視覚的な芸術を目指していながら、黄金の色自体に人を虜にし狂わせる要素があるとは思っていなかった。僕がただ鈍感なせいかもしれないけど、黄金や宝石は貴重であるという事から付加価値的に悪魔性を帯びるだけで、そのもの自体には人を狂わせてしまう程の力はないと思っていた。もちろんそれ自体が美しいものだとは思うけど、それで自分の頭が狂ってしまうなんて……、あまり想像できなかったね。博物館や街の貴金属店に並べられた金を見ても、不思議な重さや荘厳さは感じたけれど、別に僕自身がその虜になる事はなかった。ましてそれを自分のものにしたい、などと一度も思ったこともなかった。今回のエル・ドラード探しだって僕には単なる冗談でしかなかった。国に帰って友達に旅の話をする時、ちょっとした冒険談を加えて、最後には『際どいところまでいったんだけど、残念だった……』なんて締め括るようなね……。

しかしその柱を見た時、僕は色そのものに狂わされた。

不思議な事にその黄金の柱は、竜巻のように始終渦を巻いて揺れていた。そしてその渦から夥しい金の粉が飛び散り、その粉がまた引き寄せられて柱に溶け込むという事を繰り返していた。問題はその色と質感だった。それが僕の胸の中に急に激しい感情を起こさせ全身の神経を震わせた。

それは言ってみれば嫉妬だった。その黄金の柱を僕一人のものにしたい、僕一人がそれに触れ楽しむものにしたいという、狂おしいまでの気持ちだ。

知らず知らず、僕はその柱に近づき始めた。僕にはその黄金の色しか見えなかった。周りの素晴らしい緑も空の青さも僕の視界には入ってこなくなった。

突然頭の中で激しい傷みが僕を襲った。蜂が頭蓋骨の中にまで入り込んで、直接脳を刺したみたいな傷みだ。僕は頭を抱えて立ち止まった。それは僕をここまで連れてきた蝶の発した警告だった。蝶はその柱に近づくなと警告してきたのだ。僕の中で怒りが湧き起こった。とにかくその柱に近づく事を妨害するものはすべて許せなかった。その柱は僕だけのものなんだ……。

僕は蝶の警告を無視し、構わず柱に向かって歩き始めた。蝶はそれ以上僕に警告を送ってこなかった。急に僕に興味を失い、何処かへ飛んでいってしまったのだ。

砂漠で水を見つけた人のように、血に飢えた狂犬のように、虚ろな目をして僕は柱の方に歩き続けた。近づくにしたがって竜巻のように見えた柱が、実際黄金の渦巻きそのもので出来ている事が分かった。夥しい金の粉が螺線を描いて物凄い速さで飛び回っている。近づくにしたがって、その渦が巨大になり視界を覆った。渦が発するブーンという低い唸りが地面に響いていた。

僕はさらに近づき、今やその渦に手を触れられる所まで来ていた。そしてその渦を造っているものが、僕をそこまで連れてきた蝶と同じ、金色に輝く小さな蝶だとわかった。無数の小さな蝶が激しい速さで飛び回っているのだ。それは眩惑的な光景だ。黄金の輝きが万華鏡のように様々な陰影を見せて変化するのだ。蝶達の羽根の起こす風が僕の髪をなびかせた。

僕は手を伸ばしその渦に触れようとした。

その瞬間、渦が急激に膨張し僕を包み込んだ。そして爆発したように無数の蝶が霧散した。空が一瞬金色に染まり、そしてあらゆる方向に金の粉をふり巻いて消えていった。僕の足もとには色褪せた蝶の死骸を点々と浮かべた水溜まりだけが残っていた。蝶達はその水に群がっていたのだ。

水溜まりの淵に立って覗き込んだ時、亡者の顔が僕を見上げた。それは欲望に侵され悪魔に魂を売った人間の顔だった。しかしそれが僕自身の顔だったんだ。

急に疲労感が全身を覆い、僕は崩れ落ちるようにその水溜まりの前に跪いた。そして振り返った時、思わず悲鳴を上げていた。

そこには、先刻までの鮮やかな緑の大地も真っ青な空もなく、無数の木や蔦や羊歯に覆われたジャングルが迫っていたのだ。ぶ厚い動物の内臓のような葉や残忍な蛇のような蔦が視界を覆い、一片の空も見通す事はできなかった。水溜まりの向こう側には血の色を含んだ紫の花が僕をあざ笑っていた。物の怪のような鳥の声が僕を脅えさせたが、その姿は決して見る事ができなかった。

僕は茫然と立ち上がり歩き始めた。どっちに向かっても同じ事だった。絶望が僕を覆った。でも立ち止まる事は出来なかった。木の根に足を取られ転び、棘に刺され傷だらけ、泥だらけになった。ぼろ雑巾のようになりながら、僕は歩き続けた。心の中ではずっとあの金色の蝶の事を呪い続けていた。あいつのせいで僕はこのジャングルに置き去りにされここで朽ち果てるのだと思った。その怨みの気持ちが歩くエネルギーを生んだのかもしれない。僕は果てし無く歩き続け、それ以上に果てし無くジャングルは続いていた。

突然ザッザッ、と草の葉をかき分ける音が近づいてきた。

僕は恐慌に陥った。猛獣が襲ってきたのだ、僕を取って食おうとしてる……。

心臓が喉元までせり上がり全身の神経が逆立った。傍にあった巨大な木の陰にまわると僕は目を閉じて猛獣が僕を一激にする瞬間を待った。

しかし物音は僕のすぐ前で止み、僕を襲うはずの鋭い牙も爪も飛んではこなかった。おそるおそる目を開けると、目の前の木の幹の上の方にアライグマのような動物がしがみ付いていた。彼も突然僕に出会って驚いたらしく背中の毛を逆立てぶるぶると震えていた。

僕はフーッと溜め息を吐いた。身体中の血や内臓が元の位置に戻っていく気がした。そして僕は笑い出した。木の陰から出ると、僕はその小さな動物に向かって『安心しろよ、取って食ったりしないから』と言ってやった。それでもそいつはじっと僕を見つめたまま震えていた。ジャングルを歩き始めてから、初めて血の通った生き物を見た事で、少し僕は落ち着きを取り戻した。

そしてまた歩き始めようとした時、今度はもっと力強く大きい動物の歩く音が迫ってきた。そいつが一歩一歩進む度にジャングルの木々が震え、ひ弱な雑木がたち折られた。そして湿った地面が揺れた。山鳴りのような低い唸り声が遠くからでも僕を圧した。自然と足が竦み僕は巨木の陰から動けなくなってしまった。

羊歯の群がる葉むらを切り裂いて姿を現したのは、巨大な黒豹だった。それはまるで大岩にビロードを被せたような巨体をしていた。頭を低く下げ、耳を寝かした恰好でそいつは獲物を探していた。一歩動く度に荒々しい筋肉の一筋一筋が複雑に動き、ビロードの毛並みに光沢の波を作った。地獄の暗闇のような唸りを上げる度に、鋭い牙が覗いた。そして口の端からは銀色に輝く涎をたらしていた。

僕のすぐ前に全身を現した黒豹の体長は、優に三メートルを超していた。しかし彼はすぐ前の木陰で立ち竦んでいる僕には気付かなかった。彼が宝石のように妖しい光を放つ目を上げた時、そこには先刻のアライグマがいた。黒豹はそのアライグマを追ってきたのだ。一声大きく唸ると黒豹はアライグマのしがみついている木に飛びついた。アライグマの方は完全に身体が竦んでしまって、それ以上は逃げる事は出来なかった。

目の前で繰り広げられるであろう惨劇に僕は目を閉じた。しかし次の瞬間目を開けた時意外な光景を目にしていた。

黒豹の飛びついた木がその体重に耐えられなかったらしく、木の皮が裂け黒豹はずり落ちてまた地面に戻っていたのだ。そして黒豹の爪が作った木の傷跡から、一筋金色に輝く雫が垂れた。しかしあっという間にまるで映画の逆回しを見るようにその傷跡は消え、元の通りに戻ってしまった。僕はその光景を一部始終見たんだ。

突然僕はこのジャングルの秘密に気付いた。そしてポケットにあったナイフを取り出すと目の前の木の幹に傷を付けてみた。思った通りその傷跡から金の雫が滴り、僕の手の中に金箔を張りつけたような木の皮が残った。それはまぎれもない黄金の質感をしていた。そして傷跡の方はあっという間に消えていった。

僕はその発見に気を取られ、目の前に危険が迫っている事を忘れた。馬鹿な事に僕は大声を上げて笑い出したんだ。ヒステリックな笑い声を……。

その瞬間黒豹が僕を見た。そして一声唸った。

もうアライグマは彼には必要なくなった。新しいもっと大きな獲物が目の前に立ち竦んでいるのだ。黒豹は巨大な頭を下げ耳を寝かし僕に向かって全身を緊張させた。その緊張が解き放たれると同時に、彼の全身は矢のように僕に向かって翔ぶことになるのだ。僕の心臓が止まった。そしてその巨大な身体に似合わない敏捷さで黒豹は僕に襲いかかった。三日月のように尖った爪で僕を引き裂こうと、空を蹴った。生臭い獣の息が僕を包んだ。そして僕の視界が黒一色になった……」

そこでジョンはふーっと一息ついた。

「気がつくと僕は元の川原にいて、何事もなく森を眺めていたんだ。もちろん身体の何処にも異常はなかった。金色の蝶や黒豹のジャングルの事は記憶から完全に抜け落ちていた。二、三十分前にその川原に来て用を足し、そのまま森を眺めていた。それが僕にとっての記憶のすべてだった。だから君達が、まる一日失踪していたなんて言った時、本気で君たちの頭が変になったんじゃないかと思っていたぐらいだ。

それもつい先刻この木の皮を見つけるまでの話だ。

それを見た途端僕はすべてを思い出したんだ。

今言った事が現実にあったんだ。

この木の皮がその証拠さ……」

しばらくの間静寂が流れた。

僕もジェーンもジョンの話の途方もなさに呆気に取られていた。

「そんな話を信じろ、と言うのかい？」

僕には手の中にある木の皮の謎はともかく、ジョンの話を信じる気にはなれなかった。

ジョンは一瞬僕の言葉に呆れて目を丸くして見せた。

「信じようと信じまいと、それが事実なんだ」

そう言ってジョンは微笑んだ。その時またジョンの中で何かが変わっているような気がした。言葉では言い表せない微妙な何かが……。それは強いて言えばジグソー・パズルのたった一枚のピースが足りないような感じだ。その一枚が欠けている事で、ジョンがジョンで無くなってしまっている。そんな感じだ。

「僕はエル・ドラードの秘密を知り、生還した最初の人間かもしれないんだ」ジョンは得意そうに自分を指さした。

「いいかい、エル・ドラードの伝説自体途方も無いものなんだ。インカの人達が黄金に囲まれる生活をしていたという事は事実だ。しかし今まで何人もの学者や山師達が挑戦しているのに、その謎はまだ明かされてない。科学的なやり方ではその謎は解けないんだ。それはインカの人達のかけた魔術だし、それを解く鍵は一つしかない。あの金色の蝶を探し出す事で、僕らはエル・ドラードを手にする事が出来るんだ……」

そう言った時ジョンの目に鋭い光が宿っていた。彼のそんなに鋭い表情を見るのは初めてだった。

「これは僕たちだけの秘密だ。もう一度あの森に三人で行こう。今度は装備をきっちりとして、無尽蔵にある金を持って帰ってくるんだ」


僕もジェーンもジョンの話を信じたわけでは無かったが、その次の日には僕らはクスコに戻り次の探検の為の準備を始めた。あまりにジョンが強引なので僕とジェーンは引っ張られてしまっていたのだ。そして一週間後、僕らはまたあの森に戻っていた。

前回あれほど歩みが遅く、写真ばかり撮っていたジョンが、今回は先頭に立ってぐいぐいと早足で歩き、小走りについて来るジェーンに「おそい！」と怒鳴った。ジョンは一度もカメラを取り出さなかった。今度はテントを張り充分な食料や装備を備えていた。ジョンは興奮で舞い上がり、早口で喋り僕らに指示した。なにかと言うと「三人で世界中を旅行しよう！」と言うのが口癖になっていた。

その頃にはジョンの中で何が変わったのか僕には分かっていた。ジョンから優雅さというものが消え失せていたのだ。おっとりとして普段はあまりものにこだわらない性格の良さは消え、ジョンはせっかちで自分勝手な男になっていた。ジェーンと二人きりになった時僕はその事を話してみた。ジェーンもその事は分かっていた。そして悲しげな顔で、

「今度の事が失敗に終われば、元の彼に戻ると思うわ」と言った。

二度目の黄金の森では散々だった。僕らは毎朝川原に立ち、金色の蝶の姿を探したが、もちろん見つかりはしなかった。三日ぐらい経つとジョンは僕とジェーンを連れてきた事が失敗の原因で、一人で来るべきだったんだ、となじり始めた。そしてその頃から乾季には珍しい雨が降り出したのだ。おまけに風も強くテントの中の物までが湿気を含んでしまった。僕らはじめじめとしたテントの中で寒さに震えた。僕とジェーンは何度も帰るべきだと言ったが、ジョンは認めなかった。ようやく一週間ぐらい経った所で、食料もつきジョンも諦めた。僕らはアグアス・カリエンテスの温泉に寄り一週間の汚れを落としていったが、前回の時のような楽しい解放感はなかった。それはただ垢を落とすという事が目的の作業でしかなかった。

クスコに戻った時にはジョンも諦めがついたらしく、かつての姿にほぼ戻っていた。早口な癖が直り、また陽気な冗談を言うようになった。そしてほったらかしてあったカメラの手入れをはじめた。ジェーンはそんな彼の姿をほっとして見ていたが、僕にはまだジグソー・パズルの一片が足りない気がしていた。

その後何日かして僕は、二人と別れてリマに行く事にした。もうクスコの周辺は歩き尽くしたし、ジョン達とも行く方向が違っているので、そろそろ出発してもいい頃だと思ったのだ。僕はリマに行ってブラジルのビザを取り、そのままリオに向かうつもりだった。ジョン達はそれからボリビアやアルゼンチンを旅して、その後ブラジルに行くと言っていた。僕はリオでやっかいになる友達の住所を教え、それまでの間にいろんな情報を仕入れておくから一緒にリオを見て歩こう、と言っておいた。

空港に向かうバスに乗る時二人が送りに来てくれた。ジョンが最後に握手した時、「この間の事はすまなかった」と詫びた。

僕がジェーンと再会したのはそれから半年ほどしてからだった。ジェーンが大きなバック・パックを背にリオの空港に姿を現した時、そこにはジョンの姿はなかった。僕とジェーンは再会の挨拶を交わし、タクシーに荷物を載せるのを手伝った。そしてひとまず僕の借りている部屋にジェーンを連れていった。

シャワーを浴び着替えを済ませてさっぱりした様子で出てきた時、

「あなたに逢えてよかった」とジェーンが言った。

「ジョンは後から来るの?」

僕が聞いた時、ジェーンの大きな瞳から一粒涙がこぼれた。

「ジョンは来ないの。もう二度と逢う事もないと思うわ……」

僕は成す術もなく、ただぎこちなくジェーンを抱き締めた。ジェーンは僕の胸の中で静かに泣き続けた。

「いつかあなたが言った通りジョンは変わってしまったわ。ジグソー・パズルの一片が欠けているとあなたは言ったけど、その通りかもしれない。でもそのたった一つがジョンの一番大切なものだったのよ。

あなたが居なくなってから、ジョンはまたあの森に出掛けたのよ。彼はもう何を言っても聞かなかった。私が『もう諦めたんじゃ無かったの？』て聞いたら、『いつ僕がそんな事を言った？』と応えたわ。『一緒にボリビアやアルゼンチンを通って、ブラジルでまたコウジと逢う約束になってるでしょう』と言っても、ジョンは『君一人で行けばいい、だれも止めやしないさ』と言うだけだった。仕方なく私ももう一度あの森に付き合ったけれど、もちろん金の蝶なんか居なかった。それはそうよね、あれは全部あの人の妄想なんだから……。

ジョンにはもうあの森の事しか考えられないみたいだったわ。

あの後彼はガイドもどきの仕事を始め、稼いだお金を全部森に行く為に注ぎ込みはじめたの。ガイドをしながら時には人を脅すような事もやっていたらしく、そのうち悪い評判がたち始めたわ。御陰でお客の数は減ったけど、その分たまに出会う馬鹿な金持ち連中から取っていたみたいだった。そしてまたその事で悪評がたつという悪循環を繰り返していたの。

もう私や以前の友達が何を言っても無駄だった。『僕の好きにさせてくれ』と言うだけだった。私は苦しかった。周りの友人達にはジョンがどうしてそんなに変わってしまったのか、分からなかったけど私は知っていたから。でもその事を友達に言うことは出来なかった。『絶対にその秘密は洩らすな』とジョンは私をおどしたのよ。でも本当は周りの人達も知っていたのかもしれないわね。何時の間にか彼には『ローコ・デル・オーロ（黄金気違い）』というあだ名が付いていたもの。

写真なんか一枚も撮れなくなってしまっていた。それでもまだ一応カメラは大事にしていたわ。お金が無くなると持っていた時計やラジオを売って暮らしていたけど、カメラは最後の最後まで手放さなかったもの。でもそのカメラにまで彼は手を付けたのよ……」

そこでジェーンの気持ちが昂り嗚咽を上げて泣きじゃくりはじめた。

「私にはジョンを救う事が出来なかったのよ……。

ジョンがカメラを売りにいくと言った時、私は『それだけは止めて！』と言って止めたわ。『こんなもの黄金が手に入れば幾らだってまた買えるさ』そう言ってジョンは部屋を出ていこうとしたの。『そのカメラは単なるモノじゃなくてあなたの魂の一部なのよ』私がそう叫んで止めた時、ジョンが振り返った。

その時のジョンの顔は……。

ああ、忘れられない……。

その一瞬、狂ってしまった顔の下から、もとのジョンが救いを求めていたのよ。

その瞬間、あの私の愛したジョンが目の前にいたのよ！

私は『あなたがカメラを手放せば私は出ていくわ！』と叫んだ。ジョンの身体がぐらりと傾き私の方に一歩足を進めた。そして私を抱きしめようと、両手を上げかけたの。寂しそうな微笑みがジョンの口元に浮かびかけたわ……。

でもその瞬間狂っている方のジョンが彼を支配したのよ。彼は急に暗い表情に戻り、『勝手に出ていけばいい。僕は一度だって止めたことはないぜ』と言ったの……」

僕はより強くジェーンを抱き締めた。僕とジェーンはそうやって抱き合ったまま夕暮れまで静かに立っていた。

ジョンとの別れの話をしてしまうと、ジェーンは落ち着きを取り戻した。それから一週間ぐらいの間僕はジェーンを連れてリオの街を案内した。二人の間ではもうジョンの事を話す事はなかった。

イパネマの海岸でジェーンは買ったばかりの水着を着てきた。彼女の美しい姿態にさすがのカリオカ達も目を奪われたようだった。僕と彼女は夕暮れのポン・デ・アスーカルに登り食事をし、コルコヴァードの山からリオの夜景を楽しんだ。そしてボヘミアン達の集まるバールで、彼らの歌うサンバやボサ・ノヴァを聞き夜明けまで過ごした。

そして最後の夜を僕は彼女のホテルで一緒に過ごした。それは二人が同時に望んだことだった。もちろんあの森の中で二人きりで夜を過ごした事はあったが、それとは違った意味で二人だけの夜を過ごすのは初めてだった。

翌朝彼女はこう言った。

「これで本当にジョンの事が忘れられるような気がするわ」

僕は少し傷つき、彼女は少し心を軽くした。

それはもう二十年前の話だ。その後僕は日本に戻り、結局一番なりたくなかった普通のサラリーマンになった。ジェーンもアメリカに戻り、お互いに何度か手紙を交わし合ったが、それも段々間遠になり、ジェーンが向こうで結婚したあたりから途絶えてしまった。その間ジョンの噂は二度と聞く事はなかった。

そして二十年経った今不思議な事が重なった。それはまるで時間というものが僕の青春に区切りを付けようとしているみたいだ。

先ず三ヵ月前僕はジェーンに再会した。ジェーンが日本までやって来たのだ。ジェーンの旦那さんは貿易会社の人で、ちょうど香港に仕事があり、彼女は息子のボビーと一緒に付いてきた。そして旦那さんが特に忙しくて手の放せない仕事のある五日間彼女はボビーを連れて日本見物に来たのだ。

「ハロー、私が誰だか分かる」そう言って電話して来た時、その声ですぐ彼女だと分かった。僕はびっくりして「ジェーン！」と叫んだ。

「今息子と一緒に東京に来ているのよ、出来たらお逢いしたいわ」ジェーンはそう言った。僕は喜んで迎えにいくよと答えた。

ホテルに迎えにいくとジェーンはもうロビーで待っていた。そして僕らは再会のキスを交わした。

「私、歳とったでしょ？」ジェーンは一歩下がると、自分の身体を見せるように両手を広げた。確かに以前の完璧なプロポーションが失われている事は、容易に想像できた。それでも丸みを帯びたジェーンは以前とは違う意味で美しかった。彼女は上手に歳を重ねていた。

「あの頃と比べると十キロ近く太ったのよ。それに皺も増えたし……。今年もう四十になるんだから仕方ないかもしれないけどね……」

その後ジェーンは僕を上から下まで調べるように見た。

「あなたは全然変わってないわね、あの頃のままよ」

「そんな事ないよ、僕だって充分歳をとったよ」

「私にはそんなふうに見えないわ。

主人の仕事の関係で東洋人との付き合いも多いんだけど、彼らを見てるとどうして何時までも歳をとらないのか不思議になる事があるわ。

西洋人の私達は簡単に醜くなっていくのにね……。

さあ、そんな事はどうでもいいわ、デートに出掛けましょう」

そう言ってジェーンは腕を絡ませてきた。

「息子さんは？」と聞くと、今日はママの大事な人とデートがあるので勝手にしてなさいと言ってあるのよ、と言って楽しそうに微笑んだ。

「大丈夫よ、あの子ももう素敵なガール・フレンドを見つけて、出掛けていったんだから。

主人に似てチャーミングな子なのよ……」

僕はまたジェーンを案内して東京の街を歩いた。それはまるであのリオの数日間の再現だった。彼女は街自体にはそれほど興味を覚えなかったみたいだったが、小さな美術館で日本の茶器や水墨画を見た時は目を輝かせていた。そして美術館の日本庭園の池のほとりに二人ならんで記念写真を撮った。

その後美味い刺身の出る小料理屋で日本酒を飲みながら、夜中近くまで語りあった。ジェーンは日本酒がとても美味しいと言った。そしてお猪口の事をとてもチャーミングな器だと感心していた。そして店の主人に無理にねだって、一つわけてもらった。

飲むうちに彼女の瞳は潤み、僕には彼女がたまらなく可愛く思えた。二十年という歳月がまるで無かったかのように彼女は若々しかった。僕自身も彼女の目にそう映っていてほしいと思った。

ジェーンが宝石のような青い目で真っ直ぐに僕を見つめて言った。

「私、あなたを傷付けた事を謝らなければいけないと、ずっと思っていたの」

「どうして？　僕には何の事か分からないよ」僕がそう答えると、彼女はとても艶めかしく微笑んだ。

「あの時本当はあなたの事を好きだったのよ……」

その日一日中、僕らの間でジョンの事はついに一度も口にのぼらなかった。

彼女を送りにホテルまで行った時、息子のボビーがロビーまで来て挨拶をした。確かにチャーミングな子だった。ジュニア・ハイ・スクールに上がったばっかりだ、と言っていたが、背丈はもう彼女を越していた。僕は彼女の旦那を知らないけど、ボビーは旦那より彼女自身に似ている気がした。

「ボビー、コウジさんよ、私のかつての恋人。素敵な人でしょう」

僕はボビーと握手を交わし、ジェーンとおやすみのキスをした。

「明日は二人で新幹線に乗って京都に行くのよ」

「京都の方が東京よりはずっと面白いと思うよ」

「あら、東京だって素敵だったわ、あなたに逢えたんだから……」

ジェーンとボビーは僕に手を振りながら、まるで仲のいい友達同士のように肩を組んでエレベーターに乗り込んでいった。

日本を発って香港に向かう直前、彼女はもう一度電話を寄越した。京都の事はとても気に入ってまた行きたいと言っていたが、大阪は気に入らなかったみたいだった。

また東京に来る時は電話してくれ、と僕が言い、ニューヨークに来る時は私を訪ねてきて、と彼女が言った。


それが三ヵ月前の話だ。

この三ヵ月の間、ジェーンの御陰で、僕は毎日あの南米を歩いた日々の事を思い出しながら暮らしていた。そうやって思い返してみると、あの頃からほんの少ししか時間が経っていないような気もするし、同時に遥かな時間が流れたような気もする。そして自分の歩いた様々な場所の情景が浮かんでくるのだ。

アンデスの景色が薄い空気のせいで遠くまではっきりとピントが合うのと同じように、それは遥かな時間に色褪せることなく、まざまざと蘇ってくる。リオやバイアの海岸、アンデスの土埃の舞う道を歩いていくインディオの姿、優しい風、冷たく孤独な風、窮屈なバスで眠った夜、ボヘミアン達のざわめき、陽気な仲間達との酒、一人の静かな食事……。無秩序に時間の流れを超えて様々な情景が浮かんでは消える。

そしてアンデスの山とインカの遺跡の事を思い出す時、ほんの少し心の痛みを伴って、ジョンの微笑みが浮かんでくるのだ。ジョンはあの〝エル・ドラード〟の森に消えた後どうしていたのだろう？

結局この二十年間彼の消息を知る事はなかった。

そして今日、僕は一通の封書を受け取った。封筒の中には長い文面の手紙と映画の招待券が二枚入っていた。映画の招待券の裏には、コウジさんに、と、コウジさんの奥さんあるいは恋人に、と一枚ずつ書き添えてあった。手紙の文面は最初ひらがなばかりの怪しげな日本語で書き始めてあった。

「ぼくのことをおぼえていますか？　いぜんから、なんどもてがみをだそうとおもっていたのですが、はずかしくて、だせなかったんです」そのひらがなさえ所々線が足りなかったり多すぎたりと、解読をしながら読まないといけないものだった。そしてその後手紙は急に英語になり、流暢に語り始めた。

「ああ、やっぱり僕には日本語はもう無理のようだ。母国語で書くことにしよう」

何という偶然か。それはあのジョンからの手紙だったのだ。

「君は僕の事を覚えてくれているだろうか？　その事が僕には少し不安だ。あれから二十年の歳月が流れているからね。その間一度も消息を知らせなかったのに、今更突然手紙を送り付けるなんて変な奴だと思うかもしれないけど、その事は許してほしい。先刻も言ったけど、君に対して恥ずかしくて手紙を書く気になれなかったんだ。

君と別れてから結局僕はずっとクスコの街に居たんだ。十年間だ。十年の間僕はあの森に行く為だけにクスコにとどまっていた。そして何度もあの森に足を運んだ。

その間の事を考えるととても心が痛む。君が旅立つ時、僕は本気でクスコから離れてジェーンと一緒にボリビアやアルゼンチンを廻ってリオで君と再会するつもりだった。そして本当にそうしていたらどんなに良かったか、と後で何度も何度も後悔した。でも僕にはそう出来なかったんだ。どうしても出来なかった。言葉では言い表せない何かが僕の身体の中に巣くっていて、僕をクスコやあの森から離れさせなかった。多分悪魔が僕の中に住み着いていたのだろう。

あの森に行く為に僕はなんでもやった。それこそ人殺し以外なんでも、という感じだ。しばらくはガイドのような仕事をしたんだけど、あまりに悪評が立ち過ぎて仕事が全然なくなった。その後はいくらでも堕ちていった。最後にはマリファナの売人や売春の斡旋まがいの事までやって暮らしていたんだ。クスコ辺りではもっとも評判の悪いアメリカ人になっていた。それまでいた旅行者の友達はみんないなくなり、かわりに目付きの悪いやつらと平気で付き合っていた。僕は彼らの事を軽蔑していたけど、彼らと僕の差なんてなかった。あの森で僕は二度と金色の蝶に出会う事は無かった。そのかわり二度死にそうな目に遭った。二度ともあまりにも馬鹿げたことが原因だし、それは恥ずかしくて、この手紙にも書く気がしない。でもとにかく誓って言うけど、あの日君とジェーンに話した事は実際にあった事なんだ。そこまでは僕も狂ってはいない。それにそうじゃないと命まで賭けてやってきた事の意味がまるでなくなってしまう。

二度目に死にそうになって病院のベッドに運びこまれた時だった。僕は二日間意識不明だったそうだ。気が付いた時僕の目の前にはマリアというインディオとスペイン人の混血の看護婦が微笑んでいた。僕が気が付いた事が彼女にはとても嬉しい事のように微笑んでくれたんだ。

言っておかないといけないけど、僕はその病院に何度か行っているが、あまりに悪評が高く、誰からもぞんざいに扱われていた。看護婦のだれもが僕とあまり関わりになる事を避けていたんだ。ありていに言うと彼女達は下手をすると僕に売り飛ばされかねないと恐れていたんだ。それほど堕落していたというわけだ。

でもマリアは違った。本心から僕がよくなる事を願い、その為にはどんな手伝いでもしてくれた。全身の骨を折り動けなかった僕には、彼女と逢うのが一番の楽しみになっていた。ある朝食事のあとベッドで本を読んでいる時マリアが小さな花をグラスに生けて持ってきてくれた。彼女が庭に咲いていたのを摘んできてくれたんだ。

『もう、春が近づいてますよ』彼女はそう言って僕の枕元に花を置いて出ていった。

僕はじっとその花を見つめていた。もう本を読むのも飽き飽きしていた時だったので、ちょうどいい息抜きだった。

それは小さなタンポポのような花だった。黄色い花びらが生き生きと開いていた。その花を見ていると春の風の匂いや、冬の緊張感から解き放たれていく自然の姿が僕の胸の中に広がっていった。

そして、いつの間にか僕の目から涙がこぼれ始めた。それはとめどなく流れまる一日の間僕の頬を濡らし続けた。

僕は自分が恥ずかしかった。人間の一生なんてほんのつかの間の事なのに、僕は人生を全く詰まらない事の為に棒に振ろうとしていた事に気付いたんだ。僕はかつてその花や自然の全てのものを愛した。その愛が僕に写真を撮らせていた。それは素晴らしいことだった。それなのに僕は黄金に目が眩んで、それを捨ててしまったんだ。花を見た時僕はその事を痛感したんだ。

僕は黄金そのものに引かれていたわけじゃない。黄金を介して手に入る富というものに目が眩んでいたんだ。贅沢な暮らし、贅沢な車、贅沢な女達、僕はそんなものに心を奪われていたんだ。そしてそれがあの蝶を見つけるというだけの事で手に入るのだ、と考えた途端僕は狂ってしまっていた。結局その御陰で僕は十年という歳月を無駄にし、君やジェーンや数々の友達を失い、そして黄金を手にすることはなかった。

でもたとえ黄金を手にしていたとしてもそんなものが何だと言うんだ。僕にはもっと大切なものがあり、カメラを通してそれを表現する事も出来たのだ……。

僕は退院すると、すぐに荷物をまとめ国に帰った。マリアにはかつて僕が撮った写真の中で一番気に入っていた一枚をプレゼントしてきた。それは果てしない不毛のアンデスの荒野にたった一輪咲いていた花の写真だ。僕の手で彼女自身を撮ってやりたかったのだけど、その時僕はカメラを持っていなかったんだ。それでも彼女はとても喜んでくれたよ。僕にはそんな事しかお礼が出来ないのが寂しかったけど、彼女の様子を見て救われた。

国に帰ってからは僕は幸運に恵まれた。エル・ドラードの森から離れた事で僕から悪魔が離れていったのかもしれない。僕はメイン州にいる姉の旦那（彼は小さな出版社を経営している）の御陰で小さな広告制作会社に入る事が出来た。そうそう、旦那に似た名前の下手な役者がいた事は話したっけ。その役者の方は何時の間にか合衆国の大統領という役を始めてしまった。御陰で小心で小男の旦那は皆に大統領と呼ばれてからかわれる羽目になったが、その大統領の御陰で僕は社会復帰する事が出来たんだ。

そこは姉達の居る街の隣街の会社だった。僕はそこにカメラマン兼デザイナーとして雇われた。あの十年間の間に写真を撮る魂は失われてしまっていた。僕の写真はもう生命を失っていたんだ。それは写真を齧った事のある人間ならすぐに分かる。十年間も悪魔に魂を売り続けていた事の報いかもしれない。でも幸い技術的には、その会社に下りてくる仕事ぐらいこなせるものは残っていた。僕は重宝がられドラッグ・ストアーの出す新聞広告や、新装開店するスーパー・マーケットの宣伝をデザインしたりした。

その中に街にあるたった一軒の映画館の看板を描く仕事が混じっていた。そんな事までその会社は手がけていたんだ。僕はその仕事を率先してこなした。どうしてか、他の連中はやりたがらなかったんだが、僕にはその仕事はそれなりに楽しいものだった。その映画館はハイ・スクールの生意気な小僧たちがガール・フレンドを連れてポップ・コーンをつまみながらいちゃつく為だけにあるような所だったよ。

ある日詰まらないアクション映画の看板を描いている時だった。僕の頭の上で天使がラッパを吹いたんだ。本当にそんな感じだった。僕は急に、昔黒澤の映画を見た時の事を思い出した。その映画を見て僕は無闇と感動したんだ。映画の間中興奮していた事を覚えている。僕は豪雨の中を槍をもって走る農民達に、画面を力強く駆け抜ける馬達に、そして極限の戦いに立ち向かうサムライ達、農民を襲う野盗達に心の中で声援を送り続けた。それが僕にとって最初の映画だと言ってもいい。僕はその日一日中眠れなかった。

それは『七人の侍』という映画だった。次の日なけなしの貯金をはたいてカメラを買った。ムーヴィー・カメラなんてとても買えなかったからね。それでもいつかは自分で映画を作る事を誓った。そして僕は写真を勉強し、日本の文化を勉強するうちに日本にまで出掛けることになったんだ。

何十年もそんな事は忘れていたのに、その時の事が僕の頭の中にまざまざと浮かんできたんだ。僕は急に映画の仕事をしたくて、居ても立ってもいられなくなった。そして映画館の主人に頼んでロス・アンゼルスにある小さな映画制作会社を紹介してもらったんだ。

詰まらないテレビ番組の下請けやポルノまがいの映画しか作っていない会社で、僕は使い走りのような事を暫くやっていた。そんな日々でも僕にはとても楽しかった。とにかく毎日の会話の中に、なんらかの恰好で映画やそれにまつわる話が出てくるのだから。僕はその会社では下っぱだったけど、それなりに昔の映画をよく見て知っていたし、とにかく映画に対する熱意ということだけは誰にも負けなかったので、自然と一目置かれるようになっていた。その間暇を見つけては自分でシナリオを書いていた。それが幸いした。

そして幸運のラッパがまた僕のために演奏された。僕の書いたシナリオが採用される日がきたんだ。結局それはポルノまがいに演出され、とても酷い代物に出来上がったんだけど、物語の部分が面白いということで、その会社の作ったものとしては少しヒットしたんだ。そして次のシナリオの注文が来た。それからはそうやって一本ずつ着実に点を重ね、僕はのし上がっていった。タッチダウンに繋がるスーパー・パスを通す事はできなかったけれど、とにかく着実にファースト・ダウンを重ねて前進していったんだ。

善良でありながら、ある事件をきっかけに何かに取りつかれたように、偏執狂的に狂っていく人間が登場する、というのが僕のシナリオの一つのパターンだ。それが三流の女優にのめり込んでいく学生の話になり、自分の才能を過信していてそれを世間に認められない事で暴力に走っていく音楽家の物語になっていた。それはある意味では僕自身の物語だった。そうやってシナリオに書く事で僕は、自分を過去の過ちから解き放とうとしていたのかもしれない。

そして遂に僕の作品がメジャーの目に止まり、B級のアクション映画の脚本を書かせてもらう事になった。プログラム・ピクチャーの一本で大作ではないし、すぐに人の噂から消えてしまうような企画だったけど、僕は全力で面白い作品にするべく頑張った。

僕の幸運は続いていた。その映画が評論家達のちょっとした話題になり、また小さなヒットを記録した。そしてその僕のメジャーでの最初の作品が日本にも輸出される事になったんだ。

その話を聞いた時、僕はすぐに君の事を思い出した。どうしても君にこうやって生きている事を知らせたくなった。良くも悪くも僕の人生を大きく変えた出来事があった時、僕らは一緒に行動していたんだからね。その結末を君にも知らせる義務があると思ったんだよ。僕は日本の配給会社に頼み招待券を送ってもらい、それをこの手紙と一緒に送ったというわけだ。

大した映画ではないけど、これは僕のデビュー作といえる。是非君にも見てほしい。将来は日本を舞台にしたシナリオを書いて日本ロケに行くつもりだ。もうその構想もできている。その時はまた君と逢えるかもしれない。いや是非逢いにいくつもりだ。

ジェーンを傷つけ別れた事、それから君の前で見せた醜態などを考えると、恥ずかしくて君の前に出る勇気がなかったんだけど、今やっとその自信が付いた所だ。

でももし君に逢いにいけたとしても、君には僕がわかるだろうか？　あの十年間に僕は痩せ細り、頭も禿げてしまってるからね……。

君はきっと変わっていないだろうな。

是非再会したいものだ。

この映画は必ず見てくれ。そして出来れば感想など聞かせてほしい。

この次逢う日をたのしみに……。

ジョン・スコット」

僕は招待券を手に取りその上に書かれている名前を見た。彼の名前は本当に虫めがねで見ないと読めないような小さな活字で並んでいた。

『ナイト・ヒート』

〝男を駆り立てるものは、捜査という名の復讐！〟

そしてトレンチコートに両手を突っ込んで立っている男のシルエット。セクシーな女の裸の背中。疾走する車。Ｂ級の俳優達の名前。

普段なら絶対に足を運ばないような映画だな、と思った。でも何をさしおいてもその映画の初日には行くつもりだ。

そして帰りに何処かの飲み屋に寄って、ジョンの為に乾杯しよう。

旧友がエル・ドラードから生還したのだから。

秘湯幻想

傍にあるスタンドの紐を引くと電球の放つ光に、砂ずりの壁がおぼろ気に浮かび上がった。中に混じった金色の粒がほの暗い明かりに深みを増し、じっと見ていると深海にいるような静かな気分に包まれた。私は畳の上で腕まくらをして横になっていた。自分のしている時計の音が耳元でするぐらいであたりは静かだ。

山間の町らしく日が落ちてから暗くなるのが早かった。濃紺の空が開け放した窓に四角く切り取られて見えた。明るい星が一つだけ瞬きもしないで輝いていた。急に冷たい風が吹き込み、私は空いている方の手で丹前の衿をかき合わせた。

そろそろ窓を閉めないといけない、と思ったが立ち上がっていくのが面倒だった。私は腕まくらを外してごろりと仰向けになった。また風呂を浴びにいこうか、と考えていた。

「三階の部屋がいい」と言った時女将は、

「三階の部屋は狭いから他の部屋になさればいいのに……」と勧めた。しかし物珍しさもあって私はこの部屋を選んだ。季節外れの平日のせいで泊まり客は私しかいなかった。旅館はどっしりとした木造の建物で殆どの部分が二階建てだった。三階にはこの部屋と、もう一つ向かい側に小さな部屋があるだけだ。三階は付け足しのような感じだ。あるいは従業員の為の部屋だったのかもしれない。

三階だと眺めがいいだろうと思ったが、古くからの温泉街の路地は狭く、軒を接して建っている旅館が目の前を塞いでいた。それでも私は落胆しなかった。ただこの静けさだけで満足だった。

「よいしょ……」と声を上げ私は立ち上がった。出窓に干してある手拭いはまだ湿っていた。一時間ほど前に風呂に入ってきたばかりなのだ。丹前の合わせを直し、濡れた手拭いを肩に掛け私は部屋を出た。安っぽいビニールのスリッパを履き廊下や階段を歩くと、床がキュウキュウと音を立てた。

一階の帳場の前を通り掛かると女将が暖簾の向こうから顔を出し、

「お出掛けですか」と聞いた。

「いいえ、また一風呂浴びようと思って」と答えると、

「もうすぐお食事が出来ますから、早めに上がって下さい」と言われた。

「電気は消えてますけど、男湯でも女湯でも好きな方を自分でつけて下さい」

そう言いながら女将は暖簾の向こうの調理場に戻っていった。

この旅館の場合男湯も女湯もさほど広さは変わらなかった。ただ眺めは男湯の方が少し広々としていた。先刻は両方を試してみたのだが、今回は男湯の方だけに入るつもりだ。

明かりの消えた脱衣場に入り電気のスイッチを探した。それは脱衣籠の棚の手前にあった。二つ並んだスイッチの両方を入れると最初に風呂の中の明かりがつき、しばらくして

脱衣場の蛍光灯がついた。蛍光灯の色は目にうるさいので消した。

無造作に結んであった帯を解き浴衣と丹前を重ねたまま籠に突っ込むと、私はガラスの引き戸を開けた。温泉独特の柔らかな香りが押し寄せ、天井に溜まっていた湯気が雫になって肩に落ちた。

浴室の真ん中には瓢箪型をした湯船が切ってあり、まわりは年月を経て色褪せたタイルが張ってあった。正面には大きなアルミサッシの窓があり、それだけが真新しそうに輝いていた。先刻来た時はその向こうに山間の風景が広がっていたが、今は黒々と山の影が見えるだけだった。

私はぞんざいにかかり湯をすると、ゆっくりと湯船に身体を浸した。湯は透明で独特の滑らかな感触をしていた。脱衣場の壁にその効能や由来を書いた額があったが、私は読んでいなかった。まだ充分健康な私には、どのみちそういったものは必要ないだろう。

瓢箪のてっぺんの所に出湯口があり、そちらに行くに従って熱くなった。チョロチョロと間断なく続く湯の音がねむけをさそった。私は丁度真ん中辺りに止まり手足を伸ばした。

女湯との境の壁に金魚を入れた大きな水槽を嵌め込んであった。水槽のガラスは濃い緑色をした苔に被われ、金魚の姿が霧の中にいるように朧だった。反対側の壁には青と赤のカランが二つずつ並びその前に鏡が張ってあった。鏡の下の方にはそれぞれ褪せた金文字でその宿の名が書かれていた。鏡もタイルと同様かなりの年月を経ているらしく所々欠けたり錆びたりしていた。何となくその鏡を覗くと自分の年老いた姿が映っているような気がした。

湯船の淵を枕がわりにして頭を凭せ掛け、大きな欠伸をした。そして目を閉じて湯の感触を身体の隅々まで味わった。

頭から湯気を立て帳場の前にさしかかった時、階段の下にある仏壇のように厳かな柱時計が鳴りだした。夜を呼び入れるような音だった。緩慢なテンポで六回鐘の音がした後、カチッと歯車の噛む音がして止まった。

「お上がりになりましたか」女将が奥から出てきた。

「もうお食事の支度は出来ていますから」

そう言いながら女将は先に立って階段を上り始めた。急な階段を少し斜めに構え、トントンと慣れた足取りで上がっていく。その度に着物の裾から白い足袋が覗いた。二階に上がった所で立ち止まり女将が振り返った。

「すぐ御飯になさいます、それとも一、二本付けてからにしますか？」と聞くので、

「そうですね……」と言い淀んでいると、

「今日は他のお客さまもいらっしゃらないし、わざわざこんな日にお出掛け下さったのだからお酒はサービスさせて頂きますわ」と勧めた。

「じゃあ御馳走になりますか」と私は答えた。

女将は廊下の壁にある小さな引き戸を開けた。そこには五十センチ四方ぐらいの木箱と真鍮で出来た朝顔の花の形をした管があった。そしてその管に向かい、「トメさんお銚子をつけてくださいな」と少し怒鳴るように言った。

すると何処かでモーターの回る音がして箱がスルスルと下りていった。

「お部屋の方にいらっしゃって下さい。すぐにお持ちしますから」と女将は私を先に行かせた。

部屋に帰ると、天井から吊るしてある電灯のソケットの小さなつまみをまわし、明かりをつけた。乳白色のガラスの笠をつけた電灯の光は、弱々しく部屋を浮かび上がらせた。それは闇を駆逐するのではなく、闇と折り合いをつけ共存する優しい光だった。大黒の木彫りを飾った床の間の前に小さな膳と座蒲団がしつらえてあった。また手拭いを出窓に吊るし、私は座蒲団の上にあぐらをかいて座った。少しして女将が盆に銚子と杯を載せて入ってきた。私が崩していた足を正そうとすると、「どうぞ、お楽になさって下さい……」と女将が言った。

盆を置いて出ていくかと思っていたら、女将は私の脇に座り込み酌をし始めた。私は大いに恐縮しながら杯を受け取った。

「いや、すみません」と言うと、

「いいえ、どうせ今日は暇なものですから」と徳利を差し出した。

膳にはどこの温泉場にもあるような、山菜のひたしや鮎の塩焼き等が並んでいた。味の方も、可もなく不可もなく、という程度だったが、葉山葵の小鉢がきりりとした辛味で美味かった。電灯の頼り無げな光の下で、漆の器や古そうな焼きものの皿が、半ば闇に溶け微妙な色あいをつくっていた。そして女将の差し出す徳利と手がそれ自体発光するように白くぼんやりと浮かび上がった。私は女将と差し向かいという事で少々固くなっていたが女将の方は平気そうだった。

返杯を勧めると女将は「そうですか」と嬉しそうに受け取った。

杯を持った女将の手はむっちりと肉づきがよく、揃えた指先の爪が健康そうなピンクに輝いていた。杯を傾けた時、袂から真っ白な二の腕あたりが覗いた。私は訳もなく目を逸らした。

「ああ、美味しい」と言った時の女将の口許が意外とあどけなかった。三十代の半ばぐらいだろうか。しかしかなり若く見える。美人とは言えないが愛嬌のある親しみの湧く顔形をしている。ふっくらとした頬にほんのりと赤みがさし、薄く紅をひいた唇がしめりけを帯びて光った。少々太り気味だったが、それがかえって温泉旅館の女将という雰囲気に合っていた。

「東京の方ですか？」と女将が聞いた。

「そうです」と答えると、

「よくこんな田舎の温泉に来る気になりましたね」と言われた。

「学生の頃から温泉が好きだったんですよ、もっともあの頃は温泉が好きだなどと言うと一体お前は幾つなんだ、なんてからかわれましたけどね。前々からこちらには来てみたいと思っていたんですよ」

「へえ、それは年季が入っていらっしゃいますのね。私なんか学校の頃は、絶対に旅館を継ぐのが嫌で東京で働くつもりだったんですよ。でも、いつの間にかこうなってしまいましたけどね……」

そんな話をしながら杯をやりとりしている間に一本目が空いた。女将は何も言わないで立ち上がると階段を下りていき、代わりの銚子をもって上がってきた。そして少し膝を崩し横座りに座ると、ゆったりとした腰の辺りが座蒲団の上で重そうだった。

「昨今は温泉ブームだから、こちらも忙しくなったでしょう？」そう聞くと、

「いえ、白都温泉が近いし、普通のお客さんはそちらに行ってしまわれるので、ここは昔と変わりませんよ。相変わらずお馴染みさんばかりです」と答えた。

「ああ、そうだわ」女将は急に思いついたように声を上げた。

「神社の向こう側の滝の前に露天の風呂があるんです。あまり湯量が多くなかったので小さな湯船を作っただけでそのままになっていますけど、時々町の人が入ったりしているんですよ。そんなに温泉がお好きでしたら、行ってみられたらいかがですか？　よかったらうちの者に案内させますよ……」

滝の側の露天風呂と聞いて私は興味を引かれた。元々秘湯と呼ばれるような人里離れた温泉が好きで色々な本などで研究はしていたが、この温泉場にそんな物があることは知らなかった。

「ええ是非おねがいします」と私は答えた。

二本目の徳利が空く頃には女将の目が薄赤く潤んでいた。そしてフーッと暑そうな溜め息をつき衿元を少し寛がせた。小首をかしげうなじの辺りの髪の乱れを直した時、髷に刺した柘植のかんざしが落ちた。それを拾おうとして女将と私の手が重なりあった。女将の手が熱く湿り気を帯びていた。私が手を引こうとすると女将がそれを止めるかのように微かに力を入れた。

酔いで気だるくなった身体には何段も続く石段がきつかった。私が立ち止まって休むと先を行く女将の妹も立ち止まり振り返った。

「少し休みましょうか？」と彼女は聞いたが、

「いや大丈夫です」と私は答え、歩きづらい下駄の歩を進めた。

出てくる時、靴を履いた方がいいと言われたのだが、丹前に靴は合わないから、と断ってしまったのだ。その事を少し後悔した。

案内をかって出てくれたのは女将の妹で奈美という名だった。姉よりは痩せていて背が高かった。目元口元が姉によく似ていたが、奈美の方がはっきりとした美形だった。若さがそこに輝きを与えていた。二十七歳だと言っていたが、二十前後にしか見えなかった。ショート・カットにした髪がそう見せるのかもしれない。そして姉の日本的なたたずまいに対して彼女の方は現代的な快活さに溢れていた。奈美は体操選手の着るようなジャージを着て、軽そうなスニーカーを履いていた。その軽やかな足取りが羨ましかった。

色褪せた鳥居が幾つも石の階段を覆い、繋がって立っていた。

出てくる時、女将が懐中電灯を持たせようと捜してくれたが、すぐには見つからなかった。奈美の方は、

「大丈夫よ慣れてるから」とじれったそうに言ったが、

女将は、

「これでも役に立つかもしれないから」と蠟燭を持ってきた。

しかし蠟燭は何度点けても僅かな風に立ち消えてしまい、奈美はそれをポケットに仕舞い込んでしまった。

自分で言った通り慣れているらしく、奈美は易々と階段を登っていった。それに満月に近い月明かりが思ったよりも明るく、風に揺れる木立や鳥居の影が地面にはっきりと映っていた。

「東京からいらっしゃったんですってね？」歩きながら奈美が聞いた。姉も彼女も綺麗な標準語で話したが、その中に微かな訛りがあった。それが温かみを感じさせた。

「ええ、そうです」私は答えた。

「私も今年の初めまでは東京にいたんですよ」奈美は少し懐かしそうに言った。

「東京の大学に行ってたんです。それに就職先も丸の内だったもので……」

私が「どの辺りに住んでいたのですか？」と聞くと、意外と私の住んでいる所に近い住所を言った。まったく、お互いに顔を合わせていてもおかしくないぐらいの近さだ。

「あの坂の商店街の豆腐屋を知ってますか？」と聞くと、

「ええ、あそこはとても美味しいから、仕事が早く終わった時や、土曜日には何時も買いにいってましたわ」と目を輝かせた。

それからしばらくはお互いに住んでいた町の様子などを話しながら歩いた。私が最近引っ越したり、代変わりしてしまった店の事を話すと、「そうですか」と遠くを見るような目付きで頷いた。

来年結婚する事が決まっている、と奈美が言った。相手はやはり隣の沢神温泉で旅館をやっている家の長男だということだ。姉の所の手伝いをして、旅館の仕事に慣れておく為に少し早めに帰ってきているということだった。

「もう少し東京に居たかったんですけどね。私なんか生まれてから高校を出るまで、ここで手伝いをしていたんだから、今更覚える事なんかないんですけどね……」と少し不満そうだった。

かなりの数の石段を登った所で神社の境内に出た。振り返って見ると温泉街の明かりが意外な程華奢に佇んでいた。一際大きな鳥居の下に狛犬の代わりに狐が座っていた。薄暗い闇の中で見るとその狐が息づいているような、今にも歩きだしそうな実感を持っていた。お社の前に二本の電柱が並び、そこから電灯が頼り無げな光を投げ掛けていた。奈美は足早にその前に行くと鈴を鳴らし柏手を打って頭を下げた。その仕種がとても自然だった。この神社にお参りすることが、日常の一部になっているのだろう。

そして「こっちです」と手まねきをしながらお社の裏に廻っていった。

森が一層深くなった。枯れ葉が落ちて堆肥のようになっているらしく、地面は柔らかかった。石段を歩く時鋭い音を立てていた下駄が黙った。木々や背の高い雑草に囲まれた小道を奈美はかきわけていった。するとすぐに小さな川の傍にでた。

「川の水に触ってごらんなさい」と奈美が言うので私はしゃがみこんで手を浸した。切れるように冷たい山の水を想像したが意外と生温かった。

「温泉が混じっているんですよ」と奈美が説明してくれた。

川に沿って続く急な坂道は道幅が狭く、二人並ぶ事が出来ないので、私は奈美の後ろについて歩いた。風が吹くとさわさわと周りの木々や草が葉を鳴らした。月明かりの下ではそれが不気味に聞こえたが、奈美は平気そうだった。道を登っている内に汗をかいたりしたので先刻の酒気が抜け、少し気分がしゃっきりとしてきた。やがて向こうから、ゴーッという音が聞こえてきた。

奈美が振り返り、「もうすぐです……」と言った。

小さな丸木橋を渡るとすぐに、少し広く平らな所に出た。目の前には五メートルぐらいの高さの滝があった。水の量は豊富でそれが豪快な音を立てていた。辺り一体にその飛沫が霧のように漂っていた。奈美は構わず滝の方に歩いていった。すると深い闇に淀んだ滝壷の、すぐ手前の川原に湯船があった。それはただ三メートル四方ぐらいの正方形にコンクリートを固めただけの簡単なものだった。その辺りだけ滝の飛沫とは違う濃密な湯気があがっていた。簡単なビニールのホースの出湯口からは間断なく湯が落ちていた。

「私は後ろを向いていますから、どうぞ入って下さい」と奈美が言った。

そして二、三歩離れると川下の方を向いた。脱いだ物を置く場所がないので迷ったが、すぐ側の木の枝に掛ける事にした。私は奈美に背を向け帯を解いた。浴衣の便利なのはこういう時だ。裸になると夜気に滝の飛沫が混じって冷たかった。私は腕をぶるぶる震わせながら湯船に走った。手拭いを湯に浸し身体に当てると、冷えた肌には熱すぎる気がしたが、構わず私は飛び込んだ。一瞬湯の熱さに手足の爪が剥がれるような感じがして、すぐにそれは収まった。湯船の深さは、しゃがむと首までつかるぐらいに丁度よかった。慣れてみると湯の温度はほどよく、身体の緊張がほぐれた。空を見上げると明るい月が真上に来ていた。素晴らしい気分だ。私は手足を思い切り伸ばした。

「少し向こうを向いててください」と言う声がしたので私は滝の方を向いた。するとちゃぷちゃぷと湯を掻き混ぜる音がした後、驚いた事に奈美が入ってきた。案内をしてもらうだけで一緒に湯に入るなどとは思ってもいなかった私は少し慌てた。

「もういいですわ」と言う言葉に私は振り返ったが湯船の反対の壁に背中をあずけたまま

だった。湯の下に身体を隠してしまうと平気らしく、奈美は私に微笑みかけた。月の光を浴びてその笑顔が透き通るほどに青白く輝いた。奈美は両手で湯をすくい顔を拭った。湯の下で裸身がほの白く燐光を放っていた。真っ直ぐに伸ばした足が私の足に触りそうだった。

「子供の頃よくここに来たんです」奈美は懐かしそうにそう言った。

「夏は滝壷で泳いだ後このお風呂に入ったり、秋は木の実取りとか春は摘み草とか、とにかく一年中山に来てはここで一風呂浴びて帰るんです」

私は先刻の神社を御参りする時の奈美の仕種がとても自然だったことを思い出した。やはり彼女達にとってはこの山全体が生活と結び付いていたのだ。

「冬でも身体が温ったまると裸のまま雪の中を走り回ったりしましたわ。男の子も女の子も一緒にね……。

昔はとても広い湯船だと思っていましたけど、今入ってみると結構狭いですね……」

奈美の声を気だるく聞きながら私は空を見上げた。真上にあった月が何時の間にか山影にかかるところまで来ていた。星がいっぱいに広がっていた。

「今夜はその頃の名残というわけですか？」

私がそう聞くと、しばらく黙っていた後、

「いえ……、あなたのような人とだったら入ってみたいと思ったんです」と答えた。私が奈美の方を向くと湯気と闇にかすんではいたが、彼女がじっと私を見つめているのが分かった。奈美は微笑んでいなかった。私の胸に熱い物が突き上げた。私は戸惑った。

急に奈美が唇にひとさし指をあて、音を立てないようにゆっくりと私の側に這い進んできた。そして私と並ぶと黙ったまま滝壷の側の茂みを指さした。奈美が何を差しているのかすぐには分からなかったが、じっと目を凝らしていると、最初に小さな宝石のような二つの点が見えた。それは暗い茂みの中から私達の方をうかがっている狐の目だった。

「お客さんかもしれないわね」奈美が小声でそう言った。

「ええ?」と私が聞き返すと、

「山の動物たちも時々この風呂に入りにくるんですよ」と言った。

奈美の右腕が私の左腕に触れていた。その肌はしっとりとした柔らかさを秘め意外な程熱かった。狐は湯に入る事を諦めたのか、踊るような仕種で振り返ると微かな葉音を立てて茂みの中に姿を消した。

奈美が湯船の淵に両腕を重ね顎をその上に凭せ掛け、身体を真っ直ぐに伸ばした。浮力で背中から尻の辺りまでが湯の上に出た。砂丘のように脆そうな、それでいてしたたかな曲線が眩しかった。泳ぐように足を蹴ると、波紋がゆっくりと広がった。奈美が顔をこちらに向けると湯の上に寝そべっているように見えた。

「あそこはまだ元のままかしら？」物思いに耽るように奈美が呟いた。大きな瞳が急に輝きを増した。そしていたずらっぽく微笑み、

「一緒に行ってみませんか？」と聞いた。

「どこへ？」何の事を言っているのか分からず私は聞いた。

「誰も知らない洞窟があるんです、子供の頃に行った事があるだけで、今どうなっているか分からないけど、もしかしたらそのままかもしれないわ」

そう言いながら奈美は滝の方を見た。

「ちょっと冷たいかもしれないけど、
大丈夫よ、またここで温まっていけばいいんだから」そう言って私を見つめる奈美の表情には子供のような無邪気さが漂っていた。

私も滝の方を見た。豪快な音を立て、飛沫を上げて落ちる水以外は見えなかった。でも心を躍らせる何かがあった。

「行きましょう……」

そう答えた時、ささやかな冒険に心を熱くする少年のような気分がした。

じゃあ、と言って奈美は立ち上がった。覆うもののない裸身が月に映えた。豊かな胸や指先から湯が滴り落ちた。全身から湯気を立て朧に見える姿は妖精のようだ。奈美が右手を差し出し私の腕をつかんで立たせてくれた。そして先に立って滝壷の脇の道を裸のまま走っていった。私もその後に続いた。奈美の尻が重そうに揺れていた。彼女の白い肌の中で泥に汚れた足の裏だけが黒く躍動していた。二人は滝に近づき水の落ちる様を横から見る恰好になった。

岩肌が壁になって行き止まりになった。もうその先に道はなく岩壁に羊歯や雑木が生えているだけだ。奈美は片手でその岩を頼りながらゆっくりと滝壷の水の中に下り始めた。そして腰の辺りまで水に隠れると、一度私の方を振り返った後、中央に向かって泳ぎ始めた。私は水の冷たさを思い一瞬躊躇したがすぐ後に続いた。温泉で温まった身体に滝壷の水は冷たかったが、想像したほどではなかった。ここにも温泉の湯が流れ込んでいるのかもしれない。奈美は滝の真下にむかって泳いでいった。今や水音は耳を聾するばかりだった。あるいはそれは闖入者を拒む滝の声だったのかもしれない。

滝の水の落ちる真ん前で奈美は立ち泳ぎの恰好で待っていた。叫ぶように何か言ったが水の音に消されて聞こえなかった。傍まで行くと奈美が腕を出して私を引き寄せた。するとそこだけ水の流れがより温かくなっていた。私が驚くと奈美は嬉しそうに微笑みながら頷いた。奈美がまた何か言ったが聞こえなかった。私が、聞こえない、と首を振ると奈美は私の肩を抱き寄せた。私の左腕が奈美の腰を抱く恰好になり二人の身体が触れ合った。乳房が水の流れに揺れながら私の脇腹を擦り、水を蹴る彼女のももが私の腰の辺りにぶつかった。奈美は私の耳元に顔を近づけ、

「滝の裏側なんです」と叫んだ。

そして、つっと私から離れると滝の真ったただ中に向かって泳ぎ始めた。一瞬落ちてくる水の重みに奈美の頭が水中に没した後、かき消すように姿が見えなくなった。私はおそるおそるその後に続いた。砂の入った袋を叩きつけるように水が落ちてきて、その重みで私の頭は水中に潜ってしまった。滝の水は冷たかった。私は少々恐慌をきたし水の中でもがいた。しかしすぐに私の頭は滝の裏側の水面に出た。水の流れがより温かくなった。この辺りが温泉の流れ込む口のようだ。奈美の姿が見えなかった。どこに消えたのかと見回していると、目の前の岩陰から、

「ここです!」という声が聞こえてきた。

滝の裏に廻ると落ちてくる水に反響するのか、その声が洞窟の中のようによく響いた。声のする方に振り向くと高さが五十センチぐらいの窪みがあった。私が近づいていくとその窪みの暗がりの中に奈美の顔が白く浮かび上がっていた。私は彼女の傍に行った。奈美

が、ふふふっ、と楽しそうな笑い声を上げるとそれが狭い穴の中で反響した。

「もうすぐですよ」と奈美が言った。

私は暗い穴の中を見回したが周りは露な岩肌があるだけでもうどこにも行けそうになかった。怪訝そうな私の顔を見て奈美は微笑んだ。そして大きく息を吸う仕種をして私に頷きかけた。私が大きく深呼吸をすると奈美は私の手を取り水の中に潜った。

奈美の手の導くのを頼りについていくと、水面下五十センチぐらいの所に人が一人やっと通れるぐらいの穴が開いていた。奈美は手を放してその穴に入っていった。私も後に続き真っ暗な水を掻いて穴に入っていった。一瞬、閉所恐怖症に陥ったように心臓が高鳴った。そして穴をくぐり抜け慌てて水面に顔を出すと、そこは天井の高さが三メートルぐらいの細長い洞窟になっていた。岩肌が様々な凹凸を作って迫り、そのあちらこちらがボーッと燐光を放っていた。そのせいで洞窟全体がほの明るく見わたせた。洞窟は奥に行くに従って幅を狭めながら続いていたが、湯はその奥の方から流れ込んでいるようだった。かなりの湯量があるらしくその流れに私の身体が軽く押し戻されるぐらいだった。

一緒に手を取り合い泳ぎながら進んでいくとすぐに足が底についた。そして奥に向かって歩いていくに従って底が浅くなってきた。洞窟の中の湯は滝壷の前の露天風呂より温く感じた。腰ぐらいの深さになった所で私達はしゃがみ込み、滝の水の冷たさから回復する

のを待った。私が側の岩肌の燐光を放っている所に手を伸ばすと、

「光苔ですよ」と奈美が教えてくれた。

そして立ち上がって光苔を手に取ると、それを自分の胸になすりつけた。宝石のペンダントのように裸の胸の上でそれが光った。

湯気は盛んに立っているのに、それが洞窟の中に溜まる事はなかった。それに時々、スーッと冷たい風が通りすぎる事を考えると、何処かに風の抜ける穴があるらしかった。

「温まりました？」と奈美が聞いた。

「うん」私は答えた。

「面白いでしょう？」と奈美は微笑みかけた。

私は興奮した気分で洞窟を眺め回した。素晴らしい光景だった。悠久の闇に抱かれているると、洞窟の外に文明世界があることを想像するのが難しかった。湯の温かさが私の身体にその闇を染み込ませ、私は太古の洞窟の一部になった。目を閉じると宇宙のただ中に漂うような気がした。

奈美が手を伸ばし私の手を握った。私は目を閉じたままその手を握り返した。

「まだ奥があるんですよ」奈美がそう言った。

「行ってみますか？」

私は目を開けると黙って頷き立ち上がった。

私はもう裸である事のきまり悪さを忘れていた。この洞窟の中では、その方が自然だった。奈美の手に導かれて歩いていくと段々湯が浅くなり膝下ぐらいの深さになった。その分流れは急になった。岩肌に点々と光苔があるせいで全くの闇になる事はなかったが、光苔が緩慢に明滅するのに従って岩壁が揺れて見えた。まるで巨大な動物の体内を行くような気分だった。奈美は私の手を放さず、真っ直ぐ奥に向かって歩いていった。天井や壁の岩が私達を押し潰すように迫った。

少し道が広がってきたところで奈美がふっと立ち止まり振り返った。

「今度はあなたが先を行ってください」と奈美が言った。

私は頷き奈美に代わって前に出た。そして一、二歩行った途端急に底が無くなり、私は深みに落ち込んで潜ってしまった。湯の上に顔を出し見上げると奈美が楽しそうに笑っていた。

「知ってたんだね」

私は飛び上がって足首をつかみ奈美を深みに落とした。奈美が笑いながら湯の上に顔を出した。湯を飲んだらしく少し咳込んでいた。それでも奈美は両手で顔を拭いながら笑っていた。その声が岩に反射して奈美が何人もいるように響いた。

急に奈美が私の首に抱きついてきた。私は一瞬湯の中に潜りながらその身体を抱き止めた。奈美が唇を重ねてきた。私は奈美の身体をしっかりと抱くとそれに応えた。密着した胸から心臓の鼓動が伝わった。興奮に鼓動の音は高鳴っていた。それに同調するように私の鼓動も高まっていた。奈美が顔を離し私を見つめた。私は彼女の顔の前を濡れて覆っている髪をかきあげてやった。

奈美がはにかむように微笑み、

「楽しいですか？」と聞いた。

私が頷くと「わたしも」と掠れた声で言った。

ゆっくりと身体を放し奈美はさらに奥に向かって泳ぎ始めた。

先に行くに従って左右の壁も天井もより迫って来た。それはまるで巨大な鉛筆の内側を通るようだった。下手なナイフで削った凸凹だらけの鉛筆。今や顔を湯の上に上げているのが困難な程天井の岩肌が低くなってきた。奈美はその岩壁に手をついて身体を押し出しながらそれでも前に進んだ。湯の流れが更に急になり私達を押し戻そうとした。

そして鉛筆の先端のような小さな穴を抜けた途端私達は広大なドームの中に出ていた。直径五十メートルぐらいの湯の湖の上に、岩壁が回教寺院の内部のような綺麗な球形を描いているのだ。その壁中のあちらこちらで光苔が輝き、星座模様を描いてドーム全体をボーッと明るくしていた。そして奥の左の方の壁から湯が小さな滝になって落ちているのが見えた。湯の流れはもう私達を押し戻そうとはしなかった。湯は透明で光苔の明かりでも私達の足の下ぐらいまで見通せたが、その下は真っ暗で分からなかった。私は息を呑みあたりを見回した。奈美が一際大きな声を上げて笑い出した。私もつられて笑い出した。

急に笑うのを止めると、奈美は黙って私を見つめた。

そして「わたしを抱いて」と囁いた。

私が手を伸ばし触れようとすると、奈美はその手を逃れて湖の真ん中に向かって泳ぎ始めた。私はその後に続いた。奈美の足が軽い湯の飛沫を上げげた。彼女のクロールは滑らかで速かった。背中から肩にかけての筋肉が躍動するのが見えた。私も本気で後を追ったが中々追いつけなかった。奈美は滝の方に向かっていた。見るとその側の水面の僅か上に平らな岩棚があるのだ。奈美はそこを目指しているらしかった。

私に二メートルぐらいの差をあけて奈美はその岩棚に辿り着いた。そして両手をその上に乗せると一気に身体を持ち上げた。背中から尻の辺りまでが湯の上に出て止まった。湯にあたって柔らかくなった肌が眩しかった。奈美は一瞬の内に岩の窪みに足を掛けその上に上がっていった。そして奈美の身体が岩の中に溶け込むように消えた。

すぐに私も手を掛け岩棚に駆け上がった。しかしそこに奈美の姿はなかった。目の前はもうドームの壁が迫り行き止まりになっているだけだ。

「奈美さん」

私はまた彼女が何処かに隠れているのだと思い彼女の名を呼んだ。私の声がドームの中で虚しく響きわたるだけで返事はなかった。

「奈美さん……！」もう一度もう少し大きな声で呼んでみた。やはり側の滝の音以外何もなかった。

急にドームの壁を覆っていた光苔がその光を失い始めた。生命の終わりのように緩やかにそれは消え、私は完全な闇の中に取り残された。

「奈美さん……！

奈美さーん！

奈美さぁぁぁぁーん」

私は何度も叫んだ。


暗闇の中から手が伸びてきて私の肩をつかんだ。驚いて私が振り返ると、明るい光が刺すように飛び込み私は目をつぶった。眩しさに目が慣れると、そこには女将が心配そうに私を覗き込んでいた。驚いた事に私は旅館の瓢箪型の風呂にいた。

「叫び声がするので見にきたんですよ」と女将はまだ心配そうな顔で言った。

「大丈夫ですか？」

「ええ、大丈夫です」私は慌てて答えた。

「風呂に入ったまま眠ったりすると溺れてしまいますよ」と女将は真顔で言った。

「大丈夫ですよ、僕は泳げますから」と私が冗談めかして答えると、

「だったらいいですけど……」と女将が立ち上がった。

でもその表情はまだ心配そうだった。

「お食事の支度が出来ていますからもう上がって下さい」と言いながら女将が風呂場から出ていった。

私は今見た不思議な夢の事を考えながら湯船からあがると、手拭いで身体を拭いた。あまりに現実的な夢だった。私の耳には奈美の声が響き、身体には奈美の肌の感触がまだ残っていた。私は夢を拭い去るように冷たい水に浸し固く絞った手拭いで身体を擦った。そして立ち上がった時、風呂の入口に立っている女将に気がついた。

女将は私が裸でいる事に気がつきもしないような顔で言った。

「どうして私の妹の名を御存知なのですか？」

「ええ？」と私が聞き返すと、

「奈美ですよ、私の妹は奈美というんです。あなたがそう叫んでいらっしゃるので、びっくりしましたわ」

私がぼんやりと黙っていると、

「奈美は死んだんです……」と女将が言った。

「交通事故でした。今年の初め結婚が決まってこちらに帰って来る途中でしたわ」

女将の顔は真剣で青ざめていた。

あなたと二人で来た丘

この町に来たのは何年振りだろう……。
昔に比べてはるかに快適になった列車の旅。
長い間果たせなかった「帰省」。
現実の距離以上に何故か僕には遠かった故郷。
拍子抜けするほどあっけなくここに戻っていた。
改札を出てスーツケースを転がしながら駅前広場を抜ける……。

♪あなたと二人で来た丘は……

自分でも知らないうちに口ずさんでいた……。
エミがいつも口ずさんでいた歌だ。

温暖だが常に風が強く、青く光り輝く海のある町。山が海に張りだすように迫っているので人が生活するエリアは案外せまい。そこに人々が静かに暮らしている。かつてはマリン・スポーツのスポットとして賑わったこともある。だが今はそんなことがあったことすら忘れ去られたように寂れている。昔は列車で4時間揺られることを覚悟しなければいけなかった。その後いくらか交通の便はよくなったが、この町に来るまでもなく、その途中の町々もリゾート開発を進めたため、わざわざそこを目指さなくてもよくなったからだ。

海岸沿いには激しい波と風が作り上げた岩礁が点在している。自然が偶然創りあげた絶景。遥かな空に向かって屹立している奇妙な形をした岩の群れ。真っ白な砂浜も目に眩しい。町の人には見慣れた景色だけど、たまにしか訪れない僕にはいつも素晴らしく貴重なものに思えた。確かにそれを目指して訪れる観光客もいないことはないが、遠距離の不便さを押して多くの人々を呼び込むほどの力はない。それに手前の町には温泉があるが、ここにはない。それもここまでさびれる原因になっているのかもしれない。

それが僕の故郷……。

と言っても、僕はその町を離れて都会で生活していた両親の元に生まれているので、本来の意味での故郷ではない。学校が長い休みの時、どういう事情があったのか知らないが、毎度僕一人その町の叔母の家に預けられた。多分両親にとっての休息の期間だったのだろう。

年に数回、一週間から十日間くらいずつをそこで過ごした……故郷。

正月でも日によってはシャツ一枚で居られる暖かさ。都会とは違う空の広さ、汐の匂いのする風、恐ろしくゆっくり流れる時間……僕はそこにいる間幸せだった。

母の妹の家には二人の従兄妹がいた。上が男で下が女。トシという兄の方も遊んでくれたけど、歳が離れていたせいかなんとなく距離があった。小さい僕は軽くあしらわれ、時には疎まれていた気がする。僕が小学校の2年生になった時彼はもう中学生。逞しい身体、スポーツが得意。中学に入ってからは部活で忙しくお互い顔を合わせることも少なくなっていた。

でも下の女の子はいつも僕の相手をしてくれた。エミという名。二つ歳上。子供の頃は女の子の方が早く成長する感じがあるので実際の年齢差以上に彼女はお姉さんという感じがした。

トシは純日本的な顔立ちをしていたが、エミは少し西洋的な雰囲気を持った美しい子供だった。その年代にしては背が高く、すらっと長い手足。彼女を見上げながら並んで歩くだけで心が弾んだ。特にその大きく澄んだ瞳。怒っている時はそこから火花が飛び散っているようで怖かったが、僕を見つめて優しく微笑む時、その美しさが僕にはかえって居心地悪く、目を逸らしてしまうのだ。

小学生くらいになると、女の子の場合自分の容姿を意識し始めたりする。おマセな子は髪型や服装にも気を使うようだが、エミはその美しさを全く自覚していなかった。シンプルなモノトーンの服しか着ないし、髪はいつも適当にまとめているだけだった。いつか彼

女が赤っぽいスカートを穿いている時僕が、

「エミちゃんどうしたん？」と訊いてしまったことがあったが、

「ほっとけ！」と怒鳴られた。

やさしそうな外見に反して彼女は案外マッチョだった。小さい頃はエミの方が身長も高く力もあるので、相撲をとっても簡単に投げられ、プロレスごっこなんかをやると、コブラツイストをかけられ身動きできなくて泣いた。

「修行してこい‼」エミはそんな僕をからかった。

容赦しないエミ。キャッチボールをすると、結構な勢いのある球を投げてくる。多分普段から兄のトシの相手をさせられていたのだろう。いわゆる女の子投げではなくしっかりとしたフォームで速い球がくるので、幼い頃の僕は必死に受けていた。そう言えばエミが女の子らしい遊びをしていたという記憶が僕にはない。

夏は一緒に海で遊び、冬は僕を自転車の後ろに乗せて、いろんなところに連れていってくれた。

夕暮れ、海沿いの道を前屈みになりながら全速力で自転車を漕ぐエミ。

ちょっと怖いくらいの速さ。

「スピード違反やで」と後ろの僕が文句を言うと、

「なに言ってるねん。これくらいで……」とさらに力を入れて漕いだ。

いつまでも後ろについてバタバタ走ることをやめない僕を邪険に追い払うこともあれば、機嫌がいい時は手をつないで小さい僕に歩調を合わせて歩いてくれたエミ。僕の憧れの人でもあった。彼女にとって僕は出来の悪い弟分だったのだろう。年に何度か短い期間一緒に暮らす都会からきたバカな弟。

「あんた小さい頃はほんまに、いらんことしい……やったね。不器用で手に取るものはなんでも壊すし」

東京から電話した時、エミに言われたことがある。

昔、まだ幼稚園生だった頃、一緒に行った祖母の家で、はしゃぎ過ぎた僕。どこで覚えたのか、歌舞伎の弁慶の六方の真似をする、と言って両手を広げ前屈みになりながら片足でツンのめるように飛び歩いた。その時バランスを崩した僕は障子戸にぶつかりボロボロにしてしまったことがあったのだ。それをことあるごとに持ち出しからかわれた。

叔母の家にいる間、僕は普通に家族として扱われた。同じ食卓で食べ、小さい頃はエミと同じ布団で眠った。料理が苦手な母と違って叔母の作るものはどれも美味しく、都会と違う新鮮な材料もふんだんに揃っていた。

叔母の夫、叔父のアキヒコはそこそこ名のある絵描きだ。たまに東京でも個展を開いたり。一応町の文化人として大切にされていたけど、本人はその自覚がなくいつも飄々としていた。放浪癖があるらしく、ふらりと出かけると何ヵ月も帰ってこないことも度々あったらしい。そのせいか僕が滞在している間もあまり顔を合わせる機会はなかった。離れたところにアトリエがあったからかもしれない。たまに会った時も「タッちゃん来とったんか……」と人ごとのように言いながら微笑むだけだった。小柄だがホリが深く俳優のアンソニー・クインに似た風貌……僕は心の中では勝手に、メキシコ人のおっちゃん、というあだ名で呼んでいた。いつも油絵の具の匂いをさせ、ボロボロのシャツなんかを着ているのだが、どこか垢抜けていて格好良かった。

エミのエキゾチックな容姿はアキヒコ叔父譲りのものだ。

もう一人、アキヒコ叔父の弟がすぐそばに住んでいた。顔を合わせる回数という意味ではアキヒコ叔父よりそのクニオ叔父の方がはるかに多かった。彼は結構ヒマらしく、エミの部屋であそんでいるとそこにずかずか入ってくる。

結構多趣味な人で、なぜか高そうなカメラや古い腕時計なんかをいっぱい持っていた。なんとなく怪しげで気難しそうで、周りからは変人扱いされることもあったが、慣れれば気さくで良い人だった。

姪のエミをことのほか可愛がっていて、自慢のカメラで撮ってきた写真を見せたり、彼女を被写体にして撮影したり楽しそうだった。

クニオ叔父がエミに写真を見せる時の二人のやりとりは漫才のようで、横で聞きながら僕はケラケラ笑っていた。

「この滝な、ここ行くの大変なんや、丸一日山の中歩いてやっと辿りつけるようなところや」

エミは小馬鹿にしたように、

「この日、おっちゃん日帰りやったやん」と返す。

「手に持ってるこの石あるやろ、これ宇宙から飛んできた隕石なんやで、こんなん滅多にお目にかかれへん」

「海岸行けば、いくらでもあるで」とエミは取り合わない。

クニオ叔父はとにかくエミを感心させたいらしい。

小学生相手にムキになっているように見えるクニオ叔父だが、姪が可愛くて仕方がなかったのだろう。

クニオ叔父のもう一つの自慢。蓄音機のコレクション、その一台をエミの部屋に置いていた。それで昔懐かしいＳＰ盤のレコードをかけてくれるのだ。昭和歌謡からジャズ、ラテン、民謡、童謡……彼のコレクションにはジャンルに対するこだわりがなかった。おかげで僕も写真機を触らせてもらい、レコードを拝聴させてもらった。

エミのうちを出てすぐ、墓地の裏山を登って反対側に少し下りると、漁港の様子が見下ろせるところがあった。それはエミのお気に入りの場所。何度もエミに手を引かれ登ったことがある。道のないところ、草をかき分けて少し行くと、崖のてっぺんで、そこに腰をおろし、広がる景色を眺める。見下ろす港は小さな漁船が出入りし、のんびりと歩く人の姿や軽トラックがゆっくり走る姿が見えた。風の音しかしないので、全てがおもちゃのようで平和な光景。

そんな時よくエミは小さな声で鼻歌を歌っていた。

♪あなたと二人で来た丘は……港が見える丘……

その頃の僕らにとっても古臭い歌謡曲。それはクニオ叔父が持ってきたＳＰ盤の一枚に入っていた歌。エミはなぜかこの曲が好きで、クニオ叔父が来るとそれをかけてもらっていた。クニオ叔父がいない時は僕が代わりにかけた。蓄音機の使い方を僕はすぐに覚えたけど、エミは触ろうともしなかった。
　エミが普段話す声はどちらかというと子供にしては低くハリがあったが、鼻歌を歌う声は高く儚げで、不思議な気がした。
　裏山の風景とこの歌はエミの心の中にしっかりと結びついて刻まれていたのだろう。ある種切なさとやるせなさを伴って刻み込まれた風景と歌……。

♪あなたを想うて来る丘は……港が見える丘……

　いつかエミがこんなことを言ったことがある。
「ここ来るとな……時間が止まってるみたいで……
なんか、うち、ずっとここに居る、ちゅうか、
閉じ込められているような気分がするねん。
こんなに空広いし、目の前開けてるのに……不思議な気分や……
でもそれって、気持ち悪いわけやのうて、落ち着くんよ……
この町……好きでもないいんやけど……
うちみたいなん、ここから出られへんのかもな……」

「タッちゃん都会で育っているから、退屈やろ？　なにもかものんびり間延びしてて、面白いことなぁんもないし……」

いつも元気なエミにしては珍しくしんみりとした声。

「そんなことないで……海は綺麗やし、夏は毎日泳げるやん……遊ぶところもいっぱいあるし……それに、おばちゃんもエミちゃんも料理上手やから美味しいし……」

「あはは、なによいしょしてるねん……でもそやな、前に都会に行った時、寿司屋に連れていかれたんやけど……私ら毎日新鮮なん食べてるやろ……なんか変な臭いがするようで、よう食べんかったな……」

何を思い出したのか、エミは少し顔をしかめた。

「都会の食べ物、全体にまずい思ったな……まあ、田舎のええところは、近くで取れたもの食べられるっちゅうことかもな、それに空気とかも違うし……あんたら、よう我慢してるなぁ」

そう言って僕の頭をくちゃくちゃに掻き回した。

その時の僕の身長はエミの肩ぐらいまでしかなかった。

その後の彼女の人生を思えば、その言葉は案外自分の未来を言い当てていたのかもしれない。


♪あなたと二人で来た丘は……港が見える丘……

折に触れエミはこのフレーズを口ずさんでいた……。


特別な夜のこと……。

エミと二人だけで嵐の夜を過ごしたことがある。

僕が4年生の夏休み。週明けには実家に戻ることになっていた。

それは僕がエミのうちで過ごした最後の日々。

10歳になり、身長はまだエミにはかなわなかったけど、身体も大きくなって、自分のことは自分でできるような気がしていた。もうあまり子供扱いをされると嬉しくない年頃に差し掛かっていたのだ。

子供の頃この町の名を聞くと友人たちは必ず台風のことを言いだした。

「それ、台風が最初に上陸するところやん」

昔は台風が来るたびにこの町の名がニュースで取り上げられたからだ。時が移って今は台風の進路もずいぶん東にズレている。東京に住むようになった今その名を目にすることもより稀になった。

その日、台風が接近しているということで、なんとなく不穏な雰囲気はあったが、それが影響を及ぼし始めるのはまだ先、夜中過ぎくらいになると思われていた。

叔母は少し離れた町の法事にでかけ、トシはクラブの合宿でいなかった。アキヒコ叔父は相変わらずどこかに行ったらしく、お邪魔虫のクニオ叔父も姿を見せなかった。

叔母の帰りを待ちながら、僕とエミは居間でテレビを見ていた。まだ遠いとはいえ、すでに強い風が吹きはじめ外には出られなかったからだ。普段から風の強いところだが、その日は午前中晴れている時から唸るような音を立てて吹いていた。

だけどその後、台風は天気予報の言うことを無視するように急に速度を速めた。昼過ぎ、まだ雨は降っていなかったけどすでに強烈な風。吹くたびに家が少し揺れた。そして叔母が帰れなくなったと電話をかけてきたのだ。

「夕飯までに帰るつもりやったんやけど……列車が止まってしもた……」

エミが手にした受話器からオロオロと心配そうな叔母の声が居間でテレビのニュースを見ていた僕の耳にも届いた。

「クニオさんに来てもらおうと連絡してみたんやけど、おらへんねん。

ごめんなぁ……

最悪、あんた、タッちゃんと二人で待ってて。

雨戸とかしっかり閉めて気ぃつけてや……」

受話器を置いてエミは僕に言った。

「今日はあんたと二人だけでおらなあかんのやて……

クニオおっちゃんに来てもらうように頼もうと思ったけど、おっちゃんおらへんらしい。

ほんま、来んでもええ時はずかずか入ってくるくせに、用があるときはおらへん……役立たずなおっちゃんやな」

そう言ってエミはイタズラっぽく微笑んだが、その笑顔はちょっと不安そうな色をしていた。

エミに言われるまま、雨戸を閉め、玄関もしっかり戸締まりした。

「大丈夫、うちら台風慣れてるし」

急拵えでエミが作ってくれた夕飯を食べた頃、台風はさらに接近。世界中がぐわんぐわんと音を立てて揺れていた。交替で風呂を浴びた後二人は居間のテレビの前に座り大型台風のニュースを頻繁に流すテレビを見続けていた。

いつものように僕はトシの部屋に布団を敷き、エミは自分の部屋で眠る時間になった。多分その頃台風が最接近した時間だったのだろう。雨が雨戸さえも破るように叩きつけ、風が家を揺らす。そのまま根こそぎ空中に運ばれるような恐怖。時々どこかで何か大きなものが倒れるようなズシンという音が響いたり、屋根に飛んできたものが当たるガンという音に襲われて、僕は眠れなくなってしまった。

4年生になって、少しは成長していると思いたかったけど、嵐の凄さがもたらす恐怖に一人では耐えられなかった。僕はトシの部屋を出ると半ば泣きながらエミの部屋の前に立った。

エミもまだ起きていた。枕元のスタンドを点けると、

「タッちゃん……怖いんか？」と少し震えたような掠れ声で訊いた。

怖い？　と訊かれて少し恥ずかしかったけど、

「うん……」僕はそれ以上なにも言えなかった。

「そやな、台風に慣れてるうちらでも、今回のはちょっとキツイもんな……

まあ、ええ、こっちおいで」そう言ってエミは手招きをした。

僕はエミのベッドの横の畳に座った。

「ええから、こっちおいで……」エミがタオルケットを持ち上げてそこに入るように促した。言われるままに僕はエミのそばに横たわった。

「うちら、ちょっと前まではこうやって一緒に寝てたね。風呂も一緒に入ってたしな……」

そう言いながら小さく笑った。

エミなりに僕を安心させようとしてくれた。

エミが僕の身体に腕を回し抱いてくれた。エミの肌から立ち昇る甘い香りが僕を包んだ。その身体は幼かった頃と違う柔らかさをもっていた。おかげで強張っていた僕の心が少し緩んだ。なんとなくこれはいけないこと……という気がしたが、そこから離れることはできなかった。

エミの肌は案外ひんやりとした感触をしていた。でも抱き合っているうちにそれが温かく感じられるようになってきた。

嵐の轟音の中二人はじっとそうやって耐えていた。

しばらくして少し落ち着きを取り戻した僕は、エミが小刻みに震えていることに気づいた。僕が感じたのは、戸惑いだった。エミに慰めてもらおうと思って来たのだが、しっかりものだと思っていたエミが恐怖に震えている。その弱々しそうな様子に僕は混乱した。

「エミちゃんも怖いの？」と僕は訊いた。

いつもなら「そんなことない！」と怒鳴られそうだが、この時エミは唇を結んで黙ったまま小さく頷いた。それが痛々しくて、無意識に彼女の顔を胸に抱き寄せていた。その身体は意外なほど骨が細く儚い感じがした。

僕より背が高くいつも頼れる姉だったエミ……でも知らないうちに僕の方が骨太で逞しくなっていた。そして自分と同じ男の子のように雑に扱っても大丈夫のような気がしていたエミが、自分とは全然違う脆さを持った存在だということに気づいてしまった。

その刹那……僕の中になにか荒々しい別の自分が湧き上がってくるのを感じた。脆く儚い肌に包まれたこの華奢な肉体をもっともっと自分だけのものにしたい衝動。

僕はエミの肌の香りに我を忘れた。

現実世界の音が消え、自分でも意識しないまま、荒々しく彼女のパジャマを剥ぎ取ると、顕になったその胸に顔を押し付けていた。それは母親の胸に飛び込んでいた子供の頃とはまるで違う感覚だ。

来年中学に上がるエミの身体は少女のそれではなく、もう若い女の身体になっていた。

日焼けした淡い褐色の肌はビロードのようにどこまでも滑らか。

すでに十分な膨らみを湛えた胸……柔らかく同時に弾力のある夢の泡。

その頂点にある赤い蕾。

それを掴み、唇に含み、歯を立てた。

きめ細やかな肌に手を這わせた。

そしてその形の良い唇に僕の唇を重ねた。

エミは突然の僕の豹変に戸惑いながらも抗わなかった。彼女が拒否していれば、僕はそこで凍りつき、自分を恥じただろう。一瞬身体を捩って逃れるような仕草をみせたが、すぐにその動きを止めた。そしてふっと小さな息を漏らした後、黙って僕のすることを許してくれた。僕は衝動を抑えるすべを失った。

エミは目を閉じて鼻翼を小刻みに震わせながら小さく喘いだ。

ふっと息を呑む、その切なげな音が僕をより荒々しくさせた。

たおやかな丸みを帯びた額に汗が滲んでいた。

エミの頬は紅潮し、その肌が輝きを増した。

そしてより強くその胸で僕を抱きしめてくれた。

その姿は妖しく艶かしく……。

それは僕が知っている普段の彼女とは全く別の生き物だった。

愛おしく哀しく美しい生き物。

わけもわからずただ激しくむしゃぶりつく僕。

エミの細い身体は悉く柔らかく受け止めてくれた。

お互い生まれたままの姿になり、ただ無言でお互いを確かめ合っていた。今まで感じたことのない感覚に呑まれ、二人は嵐の恐怖を忘れていた。


街路樹が倒れたり、カーポートの屋根や店の看板が飛んだり、民家の瓦が落ちたり、台風の被害はそれなりにあったけど、他の台風の時とそれほど違いはなかったようだ。でも町の人は口々に「あんなん初めてやったよ、おそろしかったねぇ」と語り合っていた。

勢力を保ったまま北上したので、都市部で洪水が起こったり、大きな災害をもたらしていた。それに比べるとこの町の被害はすくない。エミが言った……台風に慣れてる……と言うのは本当かもしれない。

叔母が帰ったのは次の日の夕暮れ時。崖崩れが線路を塞ぎ、その復旧に時間がかかったらしい。

そしてクニオ叔父もそのあと「大丈夫やったか……」と心配そうな顔して駆けつけたけど、「おっちゃん、今頃何言うてんねん」とエミに一蹴された。

僕が帰る日までの数日、二人ともあの夜のことに触れることはなかった。いつもの通り仲の良い姉弟のように振る舞っていたけど、なんとなくぎこちなかった。ふざけてタックルしたり、散歩をする時は手を繋いでいたけど、それができなくなっていた。僕はエミの身体に触れられなくなっていたのだ。エミを嫌いになったわけではない。それまでより一層彼女が愛おしいのだが、その気持ちが高まるほど、なぜか僕は彼女から距離を置きたくなっていた。エミも同じような気持ちを抱いていたのかもしれない。

別れ際「ほな、またな……」エミはこちらを見もしないで言った。

「またな……」僕もエミを見なかった。

そして僕はまた都会の片隅に帰っていった。

あの夏が僕の「帰省」の最後だった。

次にその町を訪れた時、僕は大学生になっていた。

アキヒコ叔父の三回忌。僕が我が家の代表として参加した。

法事の後の宴会の席、僕の隣にはクニオ叔父がいた。歳をとって髪はうすくなりシワも増えたけど、相変わらず渋い爺さんだった。酒に弱くなったのか、結構酔っ払っていた。でもビールを飲みながら話す話題は変わらず、カメラやオーディオ、アンティーク時計の事といった趣味の話ばかり。多分田舎町には彼の話題についてこれる人がいなかったのだろう。お気に入りのエミも、スポーツをやめて太り始めていたトシも忙しく、ちょっと変わり者の叔父の相手をする暇はなかった。久しぶりの再会だが、いつもエミの横で話を聴いていたので時間の流れはなかったような気分がした……。

クニオ叔父は時代の変化とともに登場したデジタル・カメラやCDのことが気にいらないらしく、ボロクソにけなしていた。

「あんなぁ、デジタルとアナログの違いは空気や。デジタルには空気がない。フィルムには、その時代の空気がそのまま写ってるんやけど、デジタルはそれがないんや。わしもデジカメ一台買ってみたんやけど、あまり使う気がせえへんねん。

そら、デジタル便利やで……その場で出来上がり見られるんやからね。フィルム代もからんし。えろうくっきり写るしな。

ほんでも……現像が出来上がってくるの待ってる、あのフィルム写真のもどかしさ、あれも楽しさの一部やったような気がする。傑作撮れてるかも、なんて期待するんやけど、出来上がってみると、こんなもんか……とガックリしたり。でもなんか愛着わくんやな。

デジタルは血が通わん感じがするんや。

蓄音機もやね、愛着のわく音してる。針を落とした瞬間から録音した時の空気が聴いている人を包み込むんやないやろか。音楽が始まる前に盤を擦るノイズが流れるやろ、あれはただのノイズやないで、あれがあるおかげでそれを録った瞬間にあった空気が現実の世界に滲み出してくるんや。そやから電気もなんも使ってない音やのに奥行きとか温かさとかすごいやろ……。

ＣＤなんかたいそうな機械そろえてもイミテーションや……。

音だけクリアに入ってればいい、音のしてない空気なんかカットしてあるんや。ワシらにはその空気もありがたいのに。

プラモデルみたいな音やで」

彼にとって写真技術の最高峰はフィルム写真であり、オーディオは蓄音機。ちなみに時計も機械式のものしか認めていなかった。

クニオ叔父の言っていることは、子供の頃にさんざん聞いていた話の延長。この人は一貫して変わってないし、昔はわからなかったけど、核心をつく話をしていたのかも、と叔父を見直した。僕も子供の頃にはわからなかったことが、今は少し理解できるようになっていた。

「タッちゃん、知ってるか？

グルーヴって言葉……あれな、レコードの溝の事や。

ワシら普通に使ってた言葉やけどね。

今時の若いもんがグルーヴがどうのこうのとか偉そうに言いながら機械みたいに踊ったりしてるやん。

グルーヴ言うとカッコ良さそうやけど、なんてこともない……溝……やで
間が抜けてるって思わへん？　へへ
最近手に入った盤……美空ひばりが英語でジャズ歌ってるねん。

ちょっと演歌っぽいけど、英語で歌っても上手いで。本人全然意味わからんと歌ってるらしいけどな。面白い。

また一緒に聴こう……

エミの部屋の蓄音機で……」

そう言いながらクニオ叔父はお気に入りのエミのいる方に目を向けた。いつも僕とエミを前にしていろんな話をしてくれた叔父にとって、僕一人が相手では物足りなかったのかもしれない。でもエミは知らないおばさんと話し込んでいる最中でこちらを振り向きもし

なかった。

大人になったエミは黒のパンツ・スーツに身を包んでいた。子供の頃より一層ほっそりとした後ろ姿。そのうなじから背中の線がさらに美しく凛としていた。

クニオ叔父が急に僕の耳元に寄ってきて小声で囁いた。

「あんな……SP盤の溝のノイズな、よお聴いてみ……

シーというような音が途切れずに続いているように聞こえるけど、ある瞬間まったく音のない時があるんや……

それはやね……あの世とやらと繋がっている時なんやて……

その瞬間に会いたい人の顔を心に浮かべると……会えるで……」

普段からしょうもない冗談を飛ばしているクニオ叔父。

エミがいつかクニオ叔父のことを評して、

「二八やな、一九かもしれんな。ホラが九で一が本当のこと」

そのことを思い出して可笑しくなった。

「また、アホなこと言うて」と僕が笑うと、

「うそやない、ほんまや……

この間それやって兄貴に会うたで……」

クニオ叔父は笑ってなかった。色が薄い灰色の瞳はいつもと違いとても真剣な光り方をしていた。

その夜僕は別の旅館に泊まって帰った。

エミの部屋で美空ひばりを聴くことはなかった。クニオ叔父はすでに居眠りをはじめていたし、自分の言ったことを覚えていたかどうか……。

法事の席では結局エミとあまり話すことができなかった。それが少し寂しかった。ただ別れ際挨拶した時、自分が彼女を見下ろしていることに不思議な気分がした。それが10年近い年月がもたらしたものだ。

「タッちゃん背高なったな」

エミは僕の目をまっすぐに見つめて言った。

「元気で頑張りな……」

それは単に姉が弟を励ます言葉でしかなかった。あの遠い日の嵐の夜のことが心に蟠っていた僕にとって、その言葉はどこかホッとするものがあった。

「エミちゃんもな……」

あの仲のいい姉弟みたいだった頃の気分が少し蘇った。

その後大学を卒業すると僕は東京に就職。町はさらに遠くなった。まさに……「故郷は遠きにありて思うもの」そしてエミと会話するのは時折かける電話の時だけになった。環境の違う遠い街で戸惑いながら僕は悪戦苦闘していた。そんな時、心の中のどこかにはエミがいた。

エミは地元の高校を出ると、そのまま町の公務員として働いた。そんな近況報告を聞きながら、僕はあれこれ彼女の姿を思い描いた。彼女も多分いろんな人と出会い恋もしただろう。そんな想像をするだけで僕は妬けてきた。エミは僕のことを思い出してくれたりしただろうか？　バカで不器用な弟としてではなく、一人の男として思ってくれたことはあっただろうか？

そしてあの嵐の一夜が僕にとって特別な意味があったのと同じように、エミにも特別な夜として刻み込まれているだろうか？

クニオ叔父は僕が最後に会った年の翌年に亡くなり、トシは結婚して都会に引っ越していた。回り回って今は喫茶店のマスター。噂によると、自分の描いた絵を店内に展示したりして、それも評判らしい。僕が知っていた頃は全く絵筆など持つこともなかったのに。やはり叔父の血筋なんだろうか……。

その後エミも一度サラリーマンと結婚して家を出、都会で暮らしていたけど、それからあまり時間も経たないうちに離婚して実家に戻っていた。結婚の報告も離婚のことも、遠い電話越しに聞いた。その時のエミの話し方はどこか他人事のように冷めていた事を覚えている。

「ようある話よ……

見た目もええし、人付き合いもそつないし……

仕事もそれなりにできる人やった

でも、なんか外ヅラばっかり良くて……

外出ると無理してたんとちゃうやろか……

帰ってくるとむっつり黙ってるし……

そのうちお酒の量が増えてきて

おまけに飲んだらなんか人が変わるみたいで、

うちなんかに手をあげるような男やった……

家庭内暴力……最近はドメスティック・ヴァイオレンスちゅうらしいなぁ……

典型的なそれやったわ……

子供もおらへんし、あっさりしたもんやったでうちが、別れよ、言うとすぐにハンコ押してくれた。

他にも女がいたみたいやけど……全然なんとも思わんかった
あの人うちのこと嫌いやったんやと思うわ……」

「再婚しないの？」と訊くと
「もう、ええ……面倒やし……」心底嫌そうな声でそう言った。

「そう言ってもエミちゃんみたいな美人、周りがほっとかんやろ……」

「へえ、冗談でもタッちゃんにそんなこと言われたら嬉しいな……」

本気で言った僕の言葉は軽くいなされた。

美人で料理が上手で家事全般なんでもこなせる、そんなエミが一人でいる、ということが不思議だった。でも心の奥ではそのことを喜んでもいた。

「それにな、都会に住んでみて気ぃついたんやけど、食べるもんが不味い。野菜なんかヘナヘナやし魚も新鮮なもん食べて育ったうちら、食べられたもんやないで。そう言えば水道の水も不味かったな……」

子供の頃に同じ話を聞いていたので……、

「エミちゃん変わってないな」と僕が笑うと、

「えっ」と不思議そうな声を上げた。

「うちみたいなもんは田舎に引っ込んでる方が良い思うねん。田舎出身でもガンガン世界に出ていくような人もおるけど、うちはそんなタイプでもないしな……

おとうちゃん、いつもどっかにほっつき歩いているような人やったし、結構いろんなところから声かけてもらったみたいやけど、結局この町から動かへんかったしな。うちはお父ちゃんに似てるんやわ。

都会の人とはテンポが違うみたいで、向こうにいる間はいつも落ち着かんかった……」

「タッちゃんみたいな人が旦那になってたらね……」

イタズラっぽくエミが言ったその瞬間、あの嵐の夜の事が蘇ってドキッとした。でもその後、

「あんた、都会生まれやのに田舎もんやで……」

そう言いながらケラケラと笑う声が電話越しに届いた。

その時僕は自分でも意外なことにちょっと傷ついていた。

あの嵐の夜のこと……自意識過剰だったのだろうか？

でもその笑い声のおかげで、心のどこかが軽くなったことも事実だ。

「あんた、都会生まれやのに田舎もんやで……」


年月が流れ仕事や生活に追い回されているうち、エミとの電話の回数は減っていった。たまに電話をする時は僕自身がどうしようもなく落ち込んでいる時。ずいぶん長く顔を合わせていないのに、いつもエミは変わらなかった。時間の流れはなかったように会話は始まった。まあ、電話だったからかもしれない。二人で面と向かいあっていたら……どうだろう？

「元気でがんばりや……」エミはそう言っていつも励ましてくれたけど、自分のことはあまり話さなかった。変わらないようでいながら少しずつ変化していく町の様子や、単調に繰り返される日々のこと……そしてお互い二人で行ったあの墓地裏の山の向こうから見下ろした港の風景を懐かしく思い出したりした。

東京に暮らす僕。しかしそこはただ仕事をして食べて眠るだけの場所だった。僕には恋人はおろか友人と呼べる者がいなかったし、自分の居場所を見つけられなかった。僕は人との距離のとり方が極端に下手なのかもしれない。そのことには気づいていたけど、どうしようもなかった。いつまで経っても街はよそよそしく、都会の風はあの故郷の町の風のように心地よく僕を包んでくれることもなかった。あのどこまでも広がる空と違って、聳り立つビルの隙間に閉じ込められた空は狭く、それを見上げることも無く、下を向いて歩いてばかりいた。

孤独で胸が締め付けられるような気持ちになった時、エミの声が聞きたくなった。だけどそこで僕のちっぽけな悩みなんかを話してもエミは取り合わなかっただろう。彼女自身、弱音を吐く人ではなかった。僕の前で彼女が弱々しい姿を見せたのはあの嵐の夜だけだったかもしれない。辛いことがあるとかえってそれを笑い飛ばそうとするところがあった。だからたまに愚痴めいた話をすることもあったが、ほとんどは当たり障りのない世間話をするだけだった。それでもずいぶん慰められた。

「あんた、都会生まれやのに田舎もんやで……」という言葉は的を射ていた。彼女と同じで僕も都会には馴染めない人間なのかもしれない。

それからさらに月日が流れた。

年老いた僕は駅を背に歩き始める。そのあたりは一番の繁華街なはずだが、人の姿はまばらだ。シャッターを閉じた店ばかりが目につく。

周りの建物が変わったり道の作りも変わっていたので少し迷ったけど、僕は懐かしい家にたどり着くことができた。相変わらず鍵もかけない不用心さ。エミはその後実家で叔母の面倒をみて、叔母が亡くなってからも一人で同じ家に住んでいた。

エミの部屋は子供の頃と同じ。相変わらずあまり女性の部屋という感じがしない、モノトーンの質素な家具に囲まれている部屋。目立つ色があるのは壁に飾られた父であるアキヒコ叔父の描いた絵。花や海岸の風景や、大きくウネる海原……どれも色彩はゆたかなのに少し陰鬱な印象の油絵だ。

もう一枚額装した写真。この町のシンボルでもある海岸の奇岩の前で子供の頃のエミが大きく開いた手をこちらに向けて笑っている。クニオ叔父のお気に入りの写真だ。こちらはモノクロ。その下の棚には叔父が置いていったカメラ。もしかしたらその写真を撮ったものかもしれない。

そして部屋の隅には懐かしい蓄音機。埃もなく綺麗に保管されているけど、僕が来なくなり、クニオ叔父が亡くなった後、これで彼女がレコードを聴くことはあったのだろうか？

蓋を開けると昔のままのターンテーブルとアーム。マッチ箱のような箱には鉄の針がザラザラと入っていた。

ネジを巻くクランクを取り付け回してみると、しっかりと手応えがあった。そしてスイッチをいれるとターンテーブルは滑らかに回り始めた。

ＳＰ盤を入れた箱には回転数を測るシートも。それをターンテーブルに載せ、横のレバーで調整すると、まだら模様が止まって見えるようになった。そこで一旦スイッチを切り回転を止めた。適当に針を選んでとりつけた。

そのレコードは箱の一番上にあった。『港が見える丘』エミのお気に入りだ。それをターンテーブルに載せてかけてみた。

シューというホワイトノイズに時々プツッという傷の音が混じる。クニオ叔父が言っていた、録音した時の空気が流れ始める瞬間だ。そして古色蒼然としたオーケストラの伴奏に乗せて平野愛子が歌い始める。

曲が終わると……僕は懐かしさと心地よさに包まれていた。

クニオ叔父が言っていた事が理解できる気がした。音を楽しむ、というよりはその場の空気感を楽しんでいる感じがしたのだ。

そしてもう一度聴きたくなった。

ネジを巻き直し針を落とす。

またホワイトノイズから始まる。さっきはずっとターンテーブルを見続けていたが、今度は目を閉じてそのノイズを楽しむ。

その時、ふっと身体が軽くなるような、持ち上げられるような気持ちがした。そして絶え間なくつづくノイズに切れ目があることに気づいた。


「クニオおっちゃんはこのことを言っていたんやな……」


気がつくと後ろに人の気配。

「なんや、タッちゃん、来てたんかいな」

エミの弾んだ声がした。

振り返ると、少しふっくらとしたエミが立っていた。歳をとって疲れた感じはあるが、エキゾチックな美しさは変わらない。

白いシャツにゆったりとしたデニムのロングスカート。

髪も子供の頃よくやっていたポニーテールにまとめている。

「うれしいな……その曲……

タッちゃんも来んようになったし、クニオおっちゃんも亡くなったし、
トシはたまに来ても、あいつ全然興味ないしね
結局ずっと蓄音機聴いてなかったんよ」
「久しぶりやね……」
僕も嬉しかった。
立ち上がり、彼女を軽く抱きしめた。
彼女の頭が僕の顎の下にもぐった。
懐かしい温もり……。
「タッちゃん、また背高なったんちゃう？」
「そんなはずあらへん、あんたのお父さんの法事に来たやろが、
あん時より年取って縮んでるで……」
「やっと、ほんまに会えたね
まあ、お互い元気でなによりや……」
エミがそう言った瞬間僕の目に涙が湧いてきた。
それを誤魔化すように、
「別のレコードかけよか？」と訊いたら、

「ええねん、それで……

もう一回かけてくれる？」

そう言ってエミはゆったりとベッドに腰掛けた。

「そうか……ほな、針替えるからちょっと待ってな」

僕は蓄音機の蓋で隠しながら涙を拭いた。

「ほんま、エミちゃんこの歌好きやな」

いつもよりゆっくりと針を交換し、回転を始めた盤の上に載せる……。


♪あなたと二人で来た丘は……港が見える丘……


エミも一緒に口ずさんでいた。

その声が子供の頃と変わっていないのは驚きだった。

あの裏山で港を見下ろしながら口ずさんでいた時の声……。

叔母さんの料理を手伝いながら歌っていた声……。

僕の手を引きながら海岸を散歩する時に歌っていた、その声……。

♪あなたと別れたあの夜は……港が暗い夜
青白い灯り唯一つ桜を照らしてた……

いつか縁側で夜の空を見上げながら歌っていた声……。

何があったのかは知らないが、あの時はなぜかその声が悲しそうだった……。

彼女にしては珍しく一日中不機嫌で、まとわりつく僕を邪険に突き放した日だった。

♪……船の汽笛遠く聞いて
うつらとろりと見る夢
あなたの口許あの笑顔
淡い夢でした……

最後までエミは一緒に歌い切り、遠くを見るような目で微笑んだ。

子供の頃、あの墓地の後ろの山を越えたところから見た港の風景を思い起こしているのかもしれない。

あの時……うちずっとここに居る、ちゅうか、閉じ込められているような気分がするねん。でもそれ気持ち悪いわけやのうて、なんか気持ちが落ち着くんよ……そんなことを言っていたエミ。

それが現実になったのかも。

「タッちゃん、結婚せえへんかったんやね」エミが訊いた。

「そやな、なんとなくズルズルこの歳まで来てしもたな……もう無理やね……」

「あんた頭もエエし、背も高いし、もったいないね……」

エミがそんなことを言った。

「よお言うわ……都会育ちのくせに田舎もんや、って言うたやないか」

「子供の頃エミちゃんに不器用やってからかわれたけど、その通りかもな……ほんとは、こっちへ帰ってきて、エミちゃんに会いたかったのに……

なんでやろう……来れんかった。

成功してちょっとは格好良いところ見せたかったんかな……

気楽に思ったとおりやればエエんやけどな……

でも、もしそうしたとしても、

エミちゃんに怒られてばっかりやったかもな……」

「またそんなこと言うて……」

エミは寂しそうな微笑みを浮かべた……。


「ねえ、もう一回かけてぇ、うち、しつこいかな？

でもタッちゃん帰ったらまた聴けんようになるし……」

「大丈夫……もう一回聴こう」


「アホやなうち！」

エミが素っ頓狂な声を上げた。

「タッちゃん、わざわざ遠くから来てくれたのにお茶も出してへん！

ちょっと待ってな。今すぐ用意するから」

そう言って慌てたようにエミは立ち上がった。

「気ぃつかわんといて、座って一緒に聴こうや！」

心底彼女にそこに座っていてほしかった。

僕の声に涙が混じっていた。

「ええから、ええから、すぐやし……」

オーケストラのイントロが悲しげに流れ始めた。

部屋を出かけたエミが立ち止まって振り返った。

「また一緒に墓地の裏山の向こう側に行きたいね……

タッちゃんとあそこにいるとなんか気分が落ち着くんや

あの広い空に二人で閉じ込められる感じ好きやった

あんな気持ちになったのはタッちゃんと一緒の時だけやった」

そう言ったエミの声が湿っていた。

「行こう、明日でも……」

僕はもう涙を隠せなかった……。

「でも、無理かな……うちも歳やし……」

「そんなことない、行けるって」

「うち、ほんとは心のどこかでタッちゃんを待ってたんや子供の頃から、あんたといる時が一番落ち着いたし……
年に何回も会ってへんかったのに不思議やな……
大人になってから電話でしか話してないのに……
うちも色々あったけど、
何故か、ずっとあんたのことが心から離れへんかった……
いつか、あんたが……都会にいると人の距離が掴めなくて、
いつも一人になってしまう……て泣き言言ってたことあったけど、
あの時、あんたとうちは似たもの同士やな、と思ったわ

あんたが旦那やったら……
言うたことあるやろ、あれ半分本心やった。
でもあんたは東京みたいな都会に行って、ばりばり仕事こなして……
一緒に遊んだ子供の頃とは違う人になってるし
うちみたいな田舎の姉のことなんか忘れてしもたやろな、て思ってた。
そやから、今日来てくれてほんま嬉しいわ。
それから……」

エミの頰が少し赤くなった。

「もう一回くらい、タッちゃんとあんな夜過ごしたかったな……」

エミは思い直すように振り返ると、レコードに合わせて口ずさみながらゆっくりと台所に向かった。

ポニーテールの髪が楽しそうに寂しそうに揺れていた。


♪あなたを想おてくる丘は……港が見える丘……


そして曲が終わり単調にホワイトノイズを繰り返す時になってもエミは戻ってこなかった。

僕が久しぶりにこの町を訪れたのはエミの葬儀のためだ。

中村　善郎（なかむら　よしろう）

ボサ・ノヴァ・アーティスト
77〜79年南米諸国遊学中、偶然見つけたサンパウロのバールでボヘミアン達からギターの手ほどきを受ける。同時にポルトガル語によるオリジナルの作曲も。帰国後本格的なボサ・ノヴァ奏者の草分けとして活躍。これまでリオ、NY、フランス録音などを含めて20作以上のリーダー・アルバムをリリース。海外のアーティストからも高く評価され、フランスの詩人ピエール・バルーは「出会い」という曲の中で「中村はジョアン・ジルベルトを彷彿させた」と歌っている。ピエール・バルー、リチャード・ボナ、リシャール・ガリアーノ、クァルテート・エン・シー、ミウシャ、トゥーツ・シールマンス、ワンダ・サーetc.といった世界のアーティストと共演、共作曲も。『NHKみんなの歌』にも二曲提供。ライターとして音楽関係の雑誌や新聞などに記事を書いてきたが、小説を出版するのは今回が初めて。

異界・サウダージ

2024年9月6日　初版第1刷発行

著　　者　中村善郎
発 行 者　中田典昭
発 行 所　東京図書出版
発行発売　株式会社 リフレ出版
〒112-0001　東京都文京区白山 5-4-1-2F
電話 (03)6772-7906　FAX 0120-41-8080
印　　刷　株式会社 ブレイン

ISBN978-4-86641-791-2 C0093
Printed in Japan 2024